대답은 필요 없어

옮긴이 **한희선** kirinji303@gmail.com
1976년생. 한국외국어대학교 영어과를 졸업했다. 옮긴 책으로 니키 에츠코의 『고양이는
알고 있다』, 시마다 소지의 『점성술 살인 사건』(이상 시공사 출간) 등이 있다.

HENJI WA IRANAI
by MIYABE Miyuki
Copyright (c) 1994 MIYABE Miyuki
All rights reserved.

Originally published in Japan by Shinchosha Co., Tokyo.
Korean translation rights arranged with OSAWA OFFICE, Japan
through THE SAKAI AGENCY and Imprima Korea Agency.

이 책의 한국어판 저작권은 THE SAKAI AGENCY 와 Imprima Korea Agency를 통해 MIYABE
Miyuki와의 독점계약으로 도서출판 북스피어에 있습니다.
저작권법에 의해 한국 내에서 보호를 받는 저작물이므로 무단전재와 무단복제를 금합니다.

* 이 도서의 국립중앙도서관 출판시도서목록(CIP)은 e-CIP 홈페이지(http://www.nl.go.kr/cip.php)
에서 이용하실 수 있습니다.(CIP제어번호: CIP2006002795)

대답은 필요 없어

미야베 미유키 단편집

한희선 옮김

북스피어

차 례

대답은 필요 없어

/

그 남자는 한여름의 강렬한 햇살이 반사되는 아스팔트 길 위에 서 있었다. 녹색이 짙어진 은행나무 가로수를 배경으로, 홀로 선 고목처럼 보였다.

치카코가 다가가는 동안, 남자는 웃음을 띠지도, 고개를 까딱하지도, 목 언저리에 손을 대 넥타이를 헐겁게 하지도 않고, 그저 가만히 서서 다가오는 그녀를 바라보고 있었다. 고향을 그리워하는 동물원 코끼리의 그것처럼 작고 슬퍼 보이는 눈이었다.

분명히 어딘가에서 한번 만난 적이 있는 얼굴이다─라고 생각했다. 그리고 소리가 미치는 거리까지 다가가서야 기억이 났다.

이미 반년이나 전의 일이다. 그 사건 직후 맨션 출입구에서 만났다.

치카코는 밖으로 나가기 위해 안에서 정면의 오토 록이 설치된 현관문을 열려다가 문 바깥에 사람이 있는 것을 발견하고 걸음을 멈추었다.

그 남자는 일행으로 보이는 서른 살 안팎의 젊은 남자와 함께 인터폰 옆에 서서 마이크에 대고 말을 하고 있었다.

"모리나가 씨 되시죠? 마루노우치 중앙서의 다키구치와 간다입니다."

모리나가 부부 가운데 누군가가 남자의 목소리에 응답했다. 전기 자물쇠가 금세 딸깍 하는 소리를 내며 해제된다. 치카코는 무거운 문을 밀고 두 형사 앞을 지나갔다.

"실례." 그때 그 남자가 말했다. "아가씨도 여기 사십니까?"

"네." 치카코는 대답했다. "바로 열어 드리지 못해서 죄송해요."

남자는 살짝 웃어 보이고는 이렇게 말했다. "아니, 괜찮습니다. 불순한 의도를 가진 침입자일 수도 있으니까요. 분을 열어 줄 만한 사람을 기다렸다가 인터폰을 향해 말하는 시늉을 하고 있을 수도 있죠. 여기 사는 사람에게 볼일이 있어 허가를 받고 들어오는 사람—이라는 사실을 확인하기 전에는 친절을 베푸시지 않는 게 좋습니다. 그렇지 않으면 오토 록의 의미가 없으니까요."

"아무리 좋은 설비도 사용법에 따라서는 쓸모없게 될 수도 있다는 말씀이시군요."

"그렇습니다."

그런 말을 남기고 형사 두 사람은 엘리베이터 홀로 걸어갔다. 치카코는 밖으로 나갔다. 돌아보면 안 된다고 마음속으로 다짐하면서.

그때의 일을 치카코는 똑똑히 기억하고 있다. 처음부터 끝까지 선명하게 재생할 수 있다. 왜냐하면 그때가 자신의 도움으로 벌인 그 사건 이후에 경찰관과 직접 맞닥뜨린 유일한 순간이었으니까.

지금, 그때의 그 남자가 다시 눈앞에 서 있다. 이번에는 치카코를 만나러 왔다.

"하다 치카코 씨죠?"

남자는 조용히 물었다. 치카코는 끄덕였다.

"전화로도 말씀드렸습니다만, 마루노우치 중앙서의 다키구치라고 합니다. 여쭤 보고 싶은 것이 있어서."

이렇게 더운데도 남자는 짙은 갈색 정장을 차려입고 있었다. 상의 안주머니에서 검은 수첩을 꺼내 슬쩍 보여 준다. 치카코는 다시 한번 끄덕였다.

"점심시간인데 불러내서 죄송합니다. 식사는 어떻게 하시겠습니까."

"상관없어요. 별로 먹고 싶지 않아요."

겁을 먹고 출구를 찾는 동물처럼 가슴속 깊은 곳에서 심장이 허둥대고 있다. 형사님, 식사하면서 이야기할 만한 용건 때문에 오신 건 아니겠죠, 라는 말이 목구멍까지 올라왔다.

단정하기는 아직 이르다. 당황해서는 안 돼. 그렇게 생각했다.

"그럼, 어디 찻집이라도 들어가시겠습니까."

치카코는 잠시 생각하는 듯하더니 고개를 가로저었다. 이 시간에 근처 찻집은 어디에나 동료들이 진을 치고 있을 게 뻔하다. 이상한 호기심을 불러일으키기는 싫다.

하물며 체포되는 장면 따위는 보이고 싶지 않다. 그런 생각이 머리를 스치고 지나가자 등골이 싸해졌다.

"요 앞에 벤치가 있어요. 나무 그늘이라 시원하고……."

자기가 생각해도 한심할 정도로 잠긴 목소리밖에 나오지 않았다. 치카코는 괜찮을 거라고 자신을 달래며 아무 일 아니라는 듯 태연한 얼굴을 했다.

"그래도 형사님은 에어컨이 있는 곳이 좋으시겠죠?"

다키구치는 치카코가 한 말의 의미를 알아차리고는 상냥하게 대답했다.

"저야 바깥이라도 괜찮습니다. 이 낡아 빠진 양복 때문이라면 신경 쓰지 않으셔도 됩니다."

"더우실 것 같은데요."

주위에 간간이 보이는 이 회사 남자 사원들은 모두 와이셔츠 한 장만 걸친 채 소매를 걷고 있다. 여자 사원들도 밖에 나갈 때는 유니폼 조끼를 벗고 가뿐한 반팔 블라우스 차림으로 걷고 있었다. 기온은 오늘도 삼십 도를 가볍게 넘었다.

"치카코 씨도 저만큼 나이를 먹으면, 늙은이는 여름에도 땀을 별로 흘리지 않는다는 걸 아시게 될 겁니다."

즐거운 듯이 말하는 다키구치를 향해 치카코는 마지못해 미소를 지었다.

"그럼 시원한 거라도 사 올게요. 회사 자동판매기니까 대단한 건 없지만. 뭐가 좋으세요?"

"탄산이 안 들어간 것이 좋겠습니다." 다키구치는 말하며 위 부근을 가리켰다. "이 녀석이 약해서."

오른쪽으로 돌아 회사 쪽으로 돌아가려는 치카코를 다키구치는 지긋이 바라보았다—그 시선을 뚜렷이 느낄 수 있었다. 대여섯 걸음 정도 걸어갔을 때 그가 불렀다.

"역시 제가 갈까요. 그 편이 좋을 것 같습니다."

치카코는 발걸음을 멈추고 우뚝 섰다. 잠시 후 뒤돌아보았다. 다키구치는 그녀가 돌아보기를 기다렸다는 듯한 표정을 지었다.

"치카코 씨의 이야기는 모리나가 씨 부부에게 들었습니다." 아주 침착한 목소리로 그가 말했다. 순간 치카코의 머릿속에서 주위의 경치가 사라졌다.

"그러시군요……. 형사님, 저 달아나지 않아요."

그렇게 말하고 나서 그 말을 주워 담으려는 듯 치카코는 퍼뜩 숨을 삼켰다.

다키구치는 천천히 대답했다. "알고 있습니다."

그 눈은 의연하지만 안심한 코끼리의 그것과 같은 빛을 띠고 있다.

"치카코 씨는 달아날 사람이 아닙니다. 지금도 아주 당당하시니까요."

치카코는 회사로 뛰어 들어가 오렌지 주스를 두 개 사서 다시 뛰어 돌아왔다. 심부름을 하는 아이처럼.

차갑게 물방울이 맺힌 캔을 다키구치에게 건네며 치카코가 물었다. "어떻게 아셨죠?"

2

겨울—.

일월 중순, 진눈깨비가 흩날리는 밤이었다. 치카코는 간자키 시게루와 둘이서 신주쿠 고층빌딩 꼭대기에 있는 바에 있었다. 카운터에 앉아 어깨를 나란히 하고 뺨이 닿을 정도로 가까이 있었지만, 마음은 백만 광년이나 떨어져 있다.

간자키는 헤어지자는 이야기를 꺼냈다.

말 한 마디 한 마디가 진눈깨비처럼 차갑게 치카코의 마음을 적셨다. 그러면서도 확실한 형태는 없다. 치카코의 마음에 쌓이지도 않고 녹아서 흘러가 버린다. 그 정도로 종잡을 수 없는, 치카코가 이해할 수 없는 말이었다.

"뭐가 잘못됐다는 거야?"

치카코는 물었다. 어떻게든 간자키가 하는 말의 의미를 알고 싶었으니까. 아직은 그의 마음을 바꿀 수 있나고 생각했으니까.

"구체적으로 어디가 어떻게 나쁜지 가르쳐 줘. 어디가 마음에 안 들어? 나 고칠게. 반드시 고칠게. 응?"

간자키는 김릿라임 주스를 넣어 진을 묽게 한 칵테일이 든 기다란 유리잔을 손에 들고, 카운터 맞은편에 시선을 주며 잠시 생각에 잠겨 있다. 이윽고 입을 열었을 때의 목소리는 낮았고 멀리서 들려오는 것 같았다.

"반드시 고칠게—라. 바로 그게 잘못됐다고 생각해."

"무슨 말이야?"

간자키는 유리잔을 놓았다. 하지만 치카코 쪽을 보려고 하지는 않았다.

"주체성이라는 거야. 넌 지난 이 년간 내 그림자 같았어. 내 말에 아무런 반대도 하지 않았지. 옷차림도 머리 모양도 같이 보는 영화도 읽는 책도 모두 내 취향에 맞추고……."

"그냥 그러고 싶었어. 정말로 그렇게 하고 싶었어."

"날 기쁘게 하려고?"

"그래. 그뿐이야."

"날 기쁘게 하려 했을 뿐이라고? 이상하지 않아? 넌 어떻게 생각해? 네 자신이 그렇게 하고 싶어서 한 적은 없어?"

"난 당신이 좋아하는 대로 하고 싶었을 뿐이야."

간자키는 한숨을 내쉬었다. 호통을 치거나 비웃는 것보다 훨씬 더

가망이 없는 한숨.

"평행선이군" 하며 다시 유리잔을 손에 쥔다. "한마디로 말해서, 나는 내 클론 같은 여자를 연인으로 삼고 싶은 생각이 없어. 우리는 지금까지 싸움 한번 한 적 없잖아. 부자연스러워. 이상하지 않아?"

떨리는 입술을 깨물고 치카코는 말했다.

"닮은 사람끼리라는 말도 있어. 사이가 좋은 부부는 남매처럼 얼굴까지 닮는 일도 있고."

간자키는 앞을 향한 채 말했다. "분명히 그렇지. 하지만 그런 사람들은 무리해서 닮으려고 한 게 아니거든. 자연히 그렇게 된 거야."

"나도—."

"아냐, 자연스럽지 않아. 너야 자연스럽다고 생각할지도 모르지만, 그건 네 자신을 속이는 거야. 난 알아. 그러니까—."

치카코는 마음의 준비를 했다. 여자의 마지막 본능이 결정적인 타격을 받기 전에 마음의 문을 닫아걸었다.

하지만 말은 문을 뚫고 나오듯 울려왔다.

"내게 너는 점점 짐이 되어 버렸어."

치카코는 두 손으로 눈을 감싸 쥐었다. 눈시울이 뜨거워졌다.

바 안은 속삭이는 듯한 목소리로 가득 차 있다. 눈을 감자 그 속삭임들이 어둠 속에서 치카코를 에워쌌다. 부드러운 간접조명으로 채색된 이런 곳에서 속삭이는 소리를 내는 것은 이야기를 즐길 때뿐—입술에서 새어나오는 말을 단 한 사람의 상대에게만 들리게 하고 싶을 때뿐—그렇게 믿어 왔는데.

지금의 치카코에게 간자키의 속삭임은 온 세계에 별리別離를 선언하는 것처럼 들렸다. 게다가 그 잘못은 치카코에게 있다, 라고 하며.

바람을 되받아치려는 것처럼 헛된 일이란 것은 알고 있다. 하지만 말하지 않고는 견딜 수가 없었다.

"부탁이니까 헤어지자고는 하지 마."

대답은 들리지 않았다. 눈을 뜨고 간자키의 옆얼굴을 올려다본다. 그는 치카코를 보려 하지도 않고 유리잔을 들어 김릿을 쭉 들이켰다.

그것이 대답이라는 것을 치카코는 깨달았다. 간자키가 손을 들고 바텐더를 불러 김릿을 한 잔 주문하는 일은 더 이상 없을 것이다. 둘이서 어깨를 나란히 하고 마신 술잔은 영원히 텅 빈 채로 남아 있을 것이다. 이야기는 끝났다.

"너를 위해서이기도 해"라며 툭 말을 던졌다. "난 너를 내 취향의 인형으로 만들어 놓고 좋아할 정도의 폭군은 아니야."

데려다 주겠다고 했지만 치카코는 거절하고 혼자 바에 남았다. 카운터 맞은편 거울 속에 외톨이인 자신이 비친다.

너무나 충격이 커서 아예 울음도 나오지 않았다. 그저 혼자서 멍하니 와인을 마시며 가게 안에 흐르는 클래식 음악을 들었다.

그러고 보니 여자 술꾼은 별로 보기 좋지 않아, 와인 정도가 귀엽지—라고 한 것도 간자키였다.

간자키 씨, 내가 짐이 되었다고 했지. 내가 그림자였다고 했지.

마음 깊은 곳, 치카코의 아주 작은 한 부분에서 '그렇지만 나를 그런 식으로 만든 건 간자키 씨 당신이잖아' 라는 목소리가 들렸다.

유리창 너머로 내려다보이는 도쿄에 진눈깨비가 계속 날리고 있다. 나를 대신해 하늘이 울고 있다고 생각했다.

3

죽어 버리자─라고 생각하기까지는 그다지 시간이 걸리지 않았다.

그런 점에서는 간자키의 말이 옳았는지도 모른다. 치카코에게서 간자키를 빼니 아무것도 남지 않았다.

필요한 것은 체념뿐이었다. 계기뿐이었다. 바에서의 이별 이후, 며칠 동안 치카코는 그것을 찾기 위해 살았던 것이나 마찬가지였다.

아침에 일어나 회사에 간다. 일하고 점심시간이 오고 또다시 일하고 혼자 맨션으로 돌아온다. 물건을 사고 식사를 만들고 그릇을 씻고 쓰레기를 버린다.

침대에 들어가기 전에 편지지를 펼친다. 유서를 쓰려고 했다. 하지만 막상 펜을 들면 즐거웠던 기억, 기뻤던 기억만이 떠올라 손이 멈춰 버린다. 이미 모든 것이 끝났는데, 되돌릴 수 없는데, 혹시나 하는 슬픈 희망이 솟아오른다. 그런 반복이었다.

헤어지고 딱 일주일이 지나 금요일 밤이 돌아왔을 때도 계속 그런 상태가 이어지고 있었다.

이제까지는 금요일의 이런 시간에 혼자서 돌아오는 일은 없었다. 언제나 간자키와 함께였다. 그의 회사 사정 때문에 데이트에 바람맞았을 때도 마음만은 간자키와 함께 있었다. 그에게 어울리는 넥타이를 고르러 다니고, 그가 좋다고 했던 책을 사러 가고, 그가 좋아할 만한 요리를 시험 삼아 만들어 보았다. 잘 만들어진 것은 간자키가 치카코의 집에 왔을 때 다시 만들어서 대접하려고 했다.

혼자서 역의 계단을 내려와 육교를 건넌다. 구두 소리가 공허하게 울린다. 오늘까지 나흘째 같은 구두를 신었다. 그런 것 따위, 어찌 되든 상관없지만.

··육교 위로 올라가자 뺨을 에이는 찬 바람이 세차게 몰아쳤다.

난간에 다가서니 눈 아래로 흐르는 차들이 보인다. 여기서 뛰어내리면 어떻게 될까 하고 생각한다. 타인에게 폐를 끼치면 나쁘겠지. 아무 관계도 없는 사람들을 휘말리게 하는 사고를 일으키면 간자키는 절대 슬퍼해 주지 않을 거야.

난간에 걸친 손가락은 추위 때문에 감각이 없어졌다. 그래도 치카코는 움직이지 않고 가만히 있었다.

문득 오른쪽으로 보이는 밝은 가게가 눈에 들어왔다.

도로가에 열린 역 앞 상점가 중에서도 그곳은 유달리 밝은 가게였다. 커다란 간판이 있기 때문이다. '시타마치 명물, 이즈미야의 닌교야키카스테라에 팥소 등을 넣어 구운 일본 과자'라고 적혀 있다.

이 근처에서는 유명하고 오래된 가게다. 잡지나 텔레비전에도 소개된 적이 있다. 지금 그 가게 앞에 작은 체구의 사람이 서 있다.

아, 또 저 사람이구나—하고 알아보았다.

육십대 후반은 되었을 법한 반백의 머리에 등이 구부정한 남자다. 이 동네 주민인 모양이다. 때때로 닌교야키를 사서 돌아가는 모습을 본 적이 있다.

그의 모습은 언제나 똑같았다. 차분한 색깔의 양복을 입고 무거워 보이는 가죽 구두를 신었다. 도시락 상자가 들어 있는 듯한 작은 가방을 왼쪽에 메고.

진열장을 가리키며 점원에게 말하고 있다. 이거하고 이거하고 이거. 점원이 웃는 얼굴로 끄덕이며 상자에 넣기 시작한다. 남자가 그것을 받아들고 값을 치른 후, 거리를 걸어가는 것까지 치카코는 죽 지켜보았다.

구부정한 등의 그림자가 사라져간다.

지금까지 계속 이름도 모르는 이 초로의 남자의 모습에 치카코는 호감을 느꼈다. 주말에 가족을 위해 닌교야키를 사서 돌아가는 회사원. 부인이나 아이가 단 것을 좋아하는 걸까. 가족은 그 선물을 기대하며 기다리고 있을까. 탁자에 둘러 앉아, 혹은 소파에서 다리를 뻗고 모두 함께 먹겠지.

그것은 치카코가 꿈꾸던 것과 아주 비슷했다. 간자키와 가정을 이룬다면 반드시—하고 생각했다. 그게 왠지 기뻐서 실제로 간자키의 맨션으로 찾아갈 때, 저 가게에서 닌교야키를 한 번 사서 간 적이 있었다.

'나는 단 게 싫어'라고 하기에 결국은 도로 가지고 왔지만 그래도 행복했다. 꿈을 그에게 전해 준 듯한 기분이 들었기 때문에.

육교 위에서 찬바람을 맞으며 그때 일을 떠올렸다.

치카코는 계단을 내려가 맨션을 향해 걷기 시작했다. 코트 깃을 여미고 어깨에 백을 메고 구두 굽을 공허하게 울리며.

길 위에서 처음으로 눈물이 터져 나왔다.

막은 두 번 다시 오르지 않는다. 불러도 불러도 간자키는 대답하지 않는다는 것을 겨우 알았다. 치카코는 그 자리에 털썩 주저앉아 고개를 숙이고 울었다.

"모리나가 부부는 당신과 처음 만난 곳이 자택 맨션의 옥상이라고 했습니다."

다키구치는 빈 주스 캔에 담뱃재를 털며 조용히 말했다. 그는 켄트를 피우고 있었다. 그 양담배가 이 남자의 가장 세련된 부분일지도 모른다.

"그때는 정말 놀랐어요."

치카코는 말하고, 벤치에 양손을 짚고는 한없이 푸른 하늘을 올려다보았다.

"뛰어내릴 작정으로 옥상에 올라갔거든요. 그랬더니 먼저 온 손님이 있어서. 모리나가 부부였어요. 두 사람 다 옷을 많이 껴입어서 둔해 보였죠. 망원경을 들고서…… 별을 본다고 하더군요."

'천체 관측이 아니에요. 별을 보는 거예요.' 모리나가 히사코는 다짐하듯 말했다.

'별이란 관측하는 게 아니에요. 넋 놓고 바라보면 되는 거예요.'

"우연이란 게 있나 봐요. 모리나가 씨의 남편─소이치 씨가 닌교야키를 사던 사람이라는 것을 알고 또 한 번 깜짝 놀랐어요. 게다가 두 사람이 나와 같은 맨션에 살고 있다는 걸 알고도 정말 놀랐죠. 그때까지 전혀 몰랐거든요."

"맨션에 사는 사람들은 대부분 그럴 겁니다."

다키구치는 그렇게 말하고 담배를 껐다.

"그렇게 얇은 옷으로 여기에 올라왔다는 건."

모리나가 히사코는 넓은 얼굴에 희미하게 주름을 잡고 치카코를 바라보았다.

"엘리베이터나 계단을 통하지 않고 아래로 내려가려는 꿍꿍이겠죠. 아닌가요?"

치카코는 대답을 못한 채 뻣뻣하게 서 있었다. 십 층 건물인 맨션 옥상에는 칼날같이 차가운 바람이 불고 있었다.

"펜스를 타고 넘어온 거야?"

히사코의 물음에 치카코는 반사적으로 끄덕거렸다. 소이치는 망원경을 손에 든 채 차분한 표정으로 두 사람을 바라보고 있다.

"저, 자살도 좋지만, 그야 비극적이고 아름답긴 하지만 말야."

히사코는 남자처럼 목을 북북 긁었다.

"지각한 초등학생같이 펜스를 넘다니. 꼴불견이라고 생각하지 않아? 기어오를 때 허무하지 않았어? 하늘하늘한 예쁜 스커트도 입었으면서. 말해 두겠지만 당신의 시체를 발견한 사람들은 당신이 팬티를 다 보이면서 펜스를 올라가는 장면까지 상상할 거야. 불쌍하게도, 그렇게 힘들었나 하고, 처음에는 생각해. 그 후엔 슬쩍 웃겠지. 아무리 그래도 그렇지 젊은 여자가 남의 눈도 신경 쓰지 않고 가랑이를 벌려 펜스를 넘는 모습은 아무래도 우스꽝스럽거든."

치카코는 좀 전에 타고 올라온 펜스를 돌아보았다. 이 미터는 된다. 그러니까 꽤 힘든 일이었다.

모리나가 부부에게 시선을 돌리자 두 사람 다 진지한 얼굴을 하고 있다. 치카코는 말했다.

"정말 그렇네요."

갑자기, 그리고 자기도 모르게 웃음이 터져 나왔다. 많이는 아니지만, 입술의 긴장이 풀리기에는 충분할 정도의 따뜻한 웃음이.

"당신, 미인이네."

깨끗한 치열을 보이며 히사코가 말했다.

"미인에게는 책임이 있어. 그러니까 빨리 죽어서는 안 돼. 비겁해. 할머니가 될 때까지 살아서, 미인이 아닌 사람들에게도 한 번쯤은 '고소하다'라고 생각하게 해 줘야 불공평하지 않잖아."

그러더니 여보, 가자, 하고 소이치 쪽을 돌아본다.

"따끈한 코코아 타 줄게. 당신도 싫지 않으면 같이 가든가."

"코코아요?"

"아니. 우리 부부 말이야." 그것이 모리나가 부부와의 첫 만남이었다.

모리나가 소이치는 쉰일곱. 실제보다도 더 나이 들어 보이는 타입이라 치카코는 조금 놀랐다. 눈썹도 희끗희끗했고, 입가에는 깊은 주름이 패어 있다.

다만 소이치의 웃는 얼굴은 보고 있으면 기분이 좋았다. 구김살 없이 웃는다. 어떤 일을 하는 사람일까 생각했다.

"은행에 다닙니다." 그가 말했을 때도 잘 와 닿지 않았다. 같은 금융 기관이라도 신용 금고라면 그렇게 보일 수도 있겠다고만 생각했다.

"우리 여보야는 성실한 샐러리맨이야."

활달하게 말하고 히사코는 웃었다. 그녀는 서른아홉. 치카코보다 훨씬 혈색 좋은 볼을 하고 있다. 등까지 내려오는 긴 머리를 밤색으로 물들이고, 굽슬굽슬하게 파마를 했다. 그 스타일은 그녀에게 잘 어울렸다.

히사코와 소이치가 나란히—예를 들어 역의 플랫폼에라도—있을 때, 둘을 '스무 살이나 나이 차이가 있는 부부'로 보는 사람은 아마 없으리라. 생판 남이라고 생각할 것이다. 물고기로 말하면 노는 물이 다르다는 느낌이었다.

히사코는 시부야와 신주쿠에 하나씩, 아주 잘 나가는 부티크를 경영하는 수완 좋은 실업가이기도 했다. 결혼한 지 십오 년이 지났지만 아이는 없다.

"닌교야키는 내가 정말 좋아해." 히사코는 말했다. "그래서 여보야가 항상 사 오는 거고."

따뜻한 코코아를 마시면서 치카코는 자살하려고 한 이유를 띄엄띄엄 말하기 시작했다. 모리나가 부부 가운데 어느 누구도 말해 보라고 하지도 않는데 자연히 쏟아져 나왔고, 말할 때마다 무거운 장비를 풀어 놓는 듯한 해방감을 맛보았다.

"그 간자키라는 남자, 직업은 뭐야?"

이야기를 끝냈을 때 히사코가 물었다.

"신문기자예요." 치카코는 어깨를 움츠렸다. "제가 단순한지도 모르지만 친구 소개로 처음 만났을 때 기자라는 말을 들으니 정말 멋져 보였어요."

"정말 단순하네." 히사코는 담박하게 말했다. 소이치가 소파에서 약간 몸을 앞으로 내밀고 물었다.

"어느 신문사입니까?"

"「도쿄일보」인데 지금은 계열사인 「위클리 저널」이라는 잡지 쪽으로 가서—."

소이치의 표정이 변하기에 치카코는 약간 주저했다.

"특별 취재반 같은 식으로 특집 기사를 쓰고 있어요. 경제 관련이 전문인데 소비세 도입 때는 정말 바쁜 것 같았어요—무슨 일인데요?"

모리나가 부부는 얼굴을 마주 보았다. 이윽고 히사코가 물었다.

"그 사람이 다이쿄 은행과 쇼와 은행 합병 기사도 썼어?"

치카코는 끄덕였다. "네. 직접 기사를 쓰지는 않았지만, 관련 자료를 모으고 취재를 하기도 했어요. 큰 합병이었으니까요."

작년 시월경의 일이었다. 두 곳의 도시 은행이 합병에 의해 예금고에서도 점포 수에서도 일약 톱으로 뛰어올랐다.

"덕분에 데이트도 거의 못 했어요."

그래도 그때는 전혀 불만이 없었지만, 하고 치카코는 마음속으로 말했다.

소이치는 코코아 컵을 옆에 놓고 혼잣말처럼 중얼거렸다.

"아주 호의적인 특집 기사였습니다. 은행의 국제화에 대비해 다이쿄쇼와 은행은 순풍에 돛을 달고 출항을 하는 것이다—라고."

소이치가 말한 대로였다.

"사실 그렇잖아요? 일본에서 제일 큰 은행이 되었고 설비도 아주 좋은 것을 도입했다고 하고. 직접 이야기를 들었어요. 그 사람은 취재하면서 그것을 알고, 합병 직후에 다이쿄쇼와 은행에 계좌를 열었거든요."

"시류에 민감한 신문기자군." 히사코는 쓴웃음을 지었다. "이왕 기댈 바엔 큰 나무 밑이 안전하다는 태도 가지고는 사회의 목탁이 못 되지."

"목탄?"

"목탁. 당신 같은 젊은 아가씨들은 우리말도 제대로 모른다니까."

히사코는 탁자에 팔꿈치를 대고 손바닥으로 턱을 괴고는, 고개를 갸우뚱하며 치카코를 쳐다보았다.

"그런 식이니까 반한 남자의 눈을 통해서만 세상을 보게 된 거야."

치카코는 무릎 위로 시선을 떨어뜨렸다.

히사코의 말이 맞는 걸까. 간자키와 교제했던 이 년간 언제나 그의 뒤에 숨어서 그의 어깨 너머로 그가 가리키는 방향만 보아 온 것일까.

생각해 보면, '저 사람과 저 사람, 노는 물이 다르군' 하는 대사도 간자키가 즐겨 쓰던 표현이었다.

"그럴지도 모르겠어요……." 치카코는 작은 소리로 말했다. "간자키는 그게 짐이 되었다고 했죠."

히사코는 코웃음을 쳤다. "그야 나중에 붙여 넣은 변명이지. '안녕' 뒤에는 시시한 말이 잔뜩 따라오거든. 그래도 '안녕'이라는 말이 제대로 들렸다면 변명 따윈 무시해."

"애당초 그가 할 대사가 아닙니다." 소이치가 끼어들었다. "하다 씨가 해야 할 말이었습니다."

치카코는 생각했다. 간자키와 둘이서 보낸 시간을 떠올리고 있었다. 그러고 있으니 멀리서 번개가 번쩍이듯 아주 어렴풋하게나마 분노 같은 것이 느껴지기 시작했다.

"저, 치카. 치카라고 불러도 돼?"

"네."

히사코는 소파에서 자세를 고쳐 앉았다. 눈이 빛나고 있다.

"당신, 여보야랑 내 계획에 한몫 끼지 않을래?"

5

모리나가 부부의 계획이란 다이쿄쇼와 은행을 속여 이천만 엔을 뜯어낸다—는 것이었다.

"금액은 어디까지나 어림으로 계산한 거라서. 좀더 적을지도 몰라. 우리쪽으로서는 천만 엔 이상의 목돈을 그 은행에서 속여 빼내는 일이 가능하다는 사실만 실제로 증명해 보일 수 있으면 되니까."

치카코는 눈을 깜박거렸다. 인생 상담을 한다고 생각하고 있었는데, 갑자기 범죄 계획이 튀어나왔다.

"왜 그런 일을 하시려고?"

설명을 시작하기 전에 히사코는 옆의 작은 서랍에서 담배를 꺼내 불을 붙였다. 가느다란 멘솔로 좋은 향기가 났다.

"우리 여보야는 자기가 일하는 은행을 사랑해. 그래서 제대로 마무리한 후 그만두고 싶은 거지."

치카코는 소이치에게 눈을 돌렸다.

"모리나가 씨는 다이쿄쇼와 은행에 근무하세요?"

소이치는 미소 지었다. "취직한 것은 다이쿄 은행이었습니다. 삼십육 년 전의 일입니다만."

"우리 여보야, 지금 이거야."

히사코는 어깨를 두드리는 시늉을 했다.

"어차피 내년이 정년이니까 빨리 그만둬 줬으면 하고 눈치를 주는 모양이야."

"저도 그럴 작정이었습니다. 기력이 있는 동안에 하고 싶은 일도 있고."

"여보야는 아직 젊어." 히사코가 명랑하게 말했다.

치카코는 모리나가 부부의 얼굴을 번갈아 보았다. 그리고 집 안으로 눈을 돌렸다.

흰색 일색의 애교 없는 맨션 벽에 잘 어울리는 인테리어다. 가구는 모두 호박색 목재로 광이 나고 있다. 자연스럽게 바닥에 놓인 플로어 램프조차, 치카코가 때때로 들쳐보는 카탈로그 잡지 광고에서 '보너스로 과감히 고급품을!'이라는 문구 아래나 실릴 만한 것이었다.

두 사람에게 돈이 궁해 보이지는 않았다. 만일 그렇다면 이렇게 생기 있는 얼굴일 리가 없다.

"은행을 제대로 마무리하고 나서 그만두시겠다고…… 어째서요?"

만면에 웃음을 띤 히사코와 시선을 맞추며 소이치는 말했다.

"그들이 거짓말을 하고 있기 때문입니다. 그것도 너무 큰 거짓말을요. 신문기자인 당신의 옛 연인도 그런 의미에서는 거짓말을 거들었다고 해야겠군요—."

꠸

다키구치는 치카코와 같은 식으로 하늘을 올려다보았다.

아까 그가 말했듯 정말 얼굴에도 목에도 땀이 나 있지 않다. 기분 좋다는 표정을 짓고 있다.

"사건이 일어났을 때는 은행 담당자로부터 이야기를 들었고, 이번에는 모리나가 씨의 입으로도 직접 설명을 들었습니다만, 아무래도 이해할 수 없는 게 하나 있습니다. 하다 씨는 어떠십니까."

치카코는 쿡 하고 웃었다.

"대충은 이해했어요. 그러니까 협력했죠."

자연히 그런 말이 나왔다. 여기까지 왔는데 더 이상 숨길 것도 없다고 생각했다.

다키구치는 숱이 빠진 머리로 손을 가져갔다.

"나는 모리나가 소이치 씨와 같은 세대지만 두뇌 구조가 다를지도 모르겠군요."

"경찰은 은행만큼 전산화가 진행되지 않았기 때문이겠죠."

당시 소이치는 정중하고 차분하게 설명을 해 주었다.

"하다 씨도 현금 카드는 가지고 계시겠죠. 초등학생도 쓸 수 있을 정도로 간단하고 편리하죠. 카드를 넣고 비밀번호를 누르면 바로 돈을 입출금할 수 있습니다. 제가 젊었을 시절에는 전부 행원이 일일이 수작업으로 처리했지요. 세상은 발전합니다."

치카코가 취직해서 첫 월급을 인출할 때도 현금 카드를 썼다. 스위치를 눌러 형광등이 켜질 때마다 에디슨을 생각하는 사람이 없듯이, 현금 카드 역시 있는 게 당연했다.

"비밀번호 방식의 현금 카드와 현금 자동지급기가 처음으로 도입된 것은 쇼와 44년1969년 12월이었습니다. 스미토모 은행의—신주쿠 지점이었을 겁니다. 이미 이십 년도 넘은 과거의 일이니까 하다 씨 세대라면 그게 없는 생활은 상상할 수 없겠지요."

소이치는 딸을 바라보는 듯한 얼굴로 치카코에게 말했다.

"하지만 그 구조는 의외로 알려져 있지 않습니다. 어째서 비밀번호를 누르기만 하면 틀림없이 그 사람의 계좌에서 돈이 입출금되는지— 그러니까 컴퓨터는 어떻게 본인 확인을 하는지."

소이치의 말투는 젊은 시절로 돌아간 듯이 또랑또랑했다.

"방법은 몇 가지가 있습니다. 대표적인 것은 세 가지입니다. 일본 국내에서는 일단 이 세 가지 외의 방법은 쓰지 않는다고 봐도 될 겁니다."

히사코가 메모지와 연필을 건넨다. 소이치는 치카코 쪽에서 잘 보이는 위치에 메모지를 놓고 연필을 손에 들더니 설명을 시작했다.

"하나는 극히 원시적인 겁니다. 현금 카드의 자기 테이프에 비밀번호, 계좌번호 등의 데이터를 기록해 둡니다. 이것은 전부 일흔두 자릿수인데, 정해진 포맷이 있어서 그에 따라 배열됩니다. 예금자가 돈을 빼내고 싶을 때는 카드를 기계에 넣고 비밀번호를 누릅니다."

소이치는 메모지 위에 간단한 그림을 그렸다. 사각형을 하나 그린 뒤 '호스트 컴퓨터'라고 쓰고, 그보다 작은 사각형을 그려서 'CD기'라고 썼다. 그 사이에 선을 그어 '통신 회선'이라고 써 넣었다.

"이때 통신 회선을 통해 호스트 컴퓨터에 조회되는 것은 계좌번호와 잔고뿐입니다. 잔고라는 것은 그러니까 고객이 요구하는 현금을 지불할 수 있을 만큼의 돈이 계좌에 있는지 체크하는 것이죠."

치카코는 메모지를 바라보며 고개를 갸우뚱했다.

"비밀번호는 조회하지 않아요? 그렇지 않으면 아무것도 안 될 것 같은데."

모리나가 부부는 시험에서 만점을 받아 온 아이를 보듯이 치카코를 쳐다보았다.

"맞습니다. 호스트 컴퓨터에서는 비밀번호의 조회를 하지 않습니다. CD기 안에서 확인할 뿐입니다."

소이치는 메모지에 그린 CD기 사각형 안에 반원을 그렸다.

"하다 씨가 얘기한 대로 아무것도 안 됩니다. 그 말은 즉—."

비밀번호는 호스트 컴퓨터의 검문을 받지 않는다—그 자리에서 고객이 입력한 숫자와 카드에 기입된 숫자가 일치하면 본인 확인이 끝나는 방법으로는, 당연하지만 위조 카드에 대처할 수 없다. 계좌번호가 있고 위조 카드의 포맷이 정규 카드와 다르지만 않으면 위조한 사람이 마음대로 기입한 비밀번호로 돈을 인출할 수 있기 때문이다.

"이 경우 위조 카드를 만들 때의 문제점은 계좌번호 등의 비밀번호 이외에 필요한 데이터를 어떻게 모으는가 하는 것인데, 은행 내부의 인간이라면 간단한 일이며, 외부의 제삼자라도 공부를 좀 하고 다소의 투자를 아끼지 않는다면 손쉽게 할 수 있습니다. CD기에서 돈을 인출하면 지불 전표가 함께 나오죠? 최근에는 인출할 때 통장에 기장할 수 있는 기계도 늘었지만, 이용자 모두가 카드와 통장을 항상 함께 들고 다니지는 않습니다. CD기 옆에 설치된 쓰레기통에는 전표가 산더미처럼 버려져 있지요. 그 전표에서 필요한 데이터를 읽어 낼 수 있습니다."

"정말요?"

처음 듣는 말이었다. 지금까지 의식한 적도 없었다. 치카코는 그저 '사적인 거니까'라고 생각해서, 편지봉투의 수신인 부분을 지운 뒤 버리는 것처럼 항상 지불 전표는 찢어서 버렸다. 결과적으로는 그게 잘한 일이 되었다.

"정말입니다. 다만 그러려면 다소 돈이 듭니다. 리더기가 필요하니까요."

"구할 수 있나요?"

소이치는 고개를 깊숙이 끄덕였다. "가능합니다. 요즘은 약간 어려울지도 모르지만, 과거에 일시적으로 시판된 적이 있습니다. 사실은 저도 한 대 갖고 있습니다. 칠십오만 엔이었습니다. 그와 별개로 테이프에 자기를 기록하는 인코더라는 기계와 카드에 각인을 할 때 필요한 엠보서라는 물건도 필요한데, 이것들도 시판되었습니다. 귀여운 상품명까지 붙어 있을 정도지요."

치카코는 불안해지기 시작했다. 히사코를 보니 자랑스럽다는 얼굴로 미소를 보내 온다.

"그런데 비밀번호 확인 방식으로는 위조를 막을 수 없습니다. 실제로 위조 카드로 인한 사건이 몇 번이나 일어났습니다. 은행원에 의한 내부 범행도 있고 컴퓨터 마니아의 유희적인 범행도 있고―1981년 긴키소고 은행 사건에서는 퇴직한 은행원이 위조 카드를 만들어 멋대로 고객의 계좌에서 돈을 인출하는 바람에 신용 불안까지 불러일으킬 뻔한 소동이 일어났습니다. 피해액은 약 이천만 엔이지만 액수의 크기에 관계없이 자신의 계좌에서 모르는 사이에 돈이 빠져나가면 누구든 패닉을 일으킬 겁니다."

그래서 말입니다—하고, 소이치는 새로운 메모지를 끌어당겼다.

"이런 결함이 있는 방법을 대신해 새로운 비밀번호 조회법이 등장했습니다. 하나는 블랙박스 방식, 또 하나는 제로 비밀번호 방식이라고 합니다만 둘 다 원리는 비슷합니다."

블랙박스 방식이란 현금 카드에 비밀번호를 그대로 기입하는 것이 아니라 다른 숫자를 섞어 암호 형태로 만드는 것이다. 다만 그것을 해독하여 조회하는 작업은 CD기 내부에서 행한다. 호스트 컴퓨터까지는 가지 않는다.

"제로 비밀번호 방식은 조금 더 손이 가는데, 네 자리 비밀번호가 기입되어야 하는 곳에 0을 네 개 늘어놓습니다. 그리고 고객이 입력한 비밀번호 확인은 호스트 컴퓨터가 하지요."

치카코는 고개를 갸웃했다.

"하지만, 그러면 제로 비밀번호 방식은 블랙박스 방식과는 다르잖아요? 제대로 호스트 컴퓨터를 통하니까요."

"그렇습니다. 표면상으론 그렇습니다만,"

소이치는 기쁘다는 듯이 손을 마주 비볐다.

"그런데 그게 아닙니다. 저희 은행은 제로 비밀번호 방식입니다, 안심하십시오, 라고 선전만 해 놓고 실제로는 카드의 자기 테이프 안에 분명히 비밀번호를 기입해 놓았습니다. 물론 그대로 기록한 것은 아니고 척 보면 뭔지 알 수 없는 암호로 해 놓았지만, 비밀번호 조회를 CD기 내부에서 하는 점은 변함없습니다. 전혀 바뀌지 않았습니다."

치카코는 눈이 휘둥그레졌다.

"그런 걸 조사하셨어요?"

"네. 저도 조사한 적이 있고, 컴퓨터 마니아 계열 언더그라운드 잡지에도 그런 조사 보고 기사가 실려 있습니다. 큰 은행에서는 제로 비밀번호 방식을 강조하지만 실제로는 거의 전부 블랙박스 방식으로 때우고 있다고 합니다."

기가 막혔다.

"어째서 그런 속임수를 쓰는 걸까요."

히사코는 단도직입적으로 말했다. "돈이 드니까."

소이치가 몇 번이고 끄덕였다. "그렇습니다. 그 한마디로 다 정리가 됩니다. 시스템을 변경하려면 막대한 돈과 노력이 필요합니다. 과당경쟁이 심한 현재의 금융계에서 시스템을 전부 뒤엎고 다시 설치하려면 허리띠를 아주 졸라매야 합니다. 게다가―."

소이치는 몸을 앞으로 내밀었다.

"그만큼 노력해도 일반 고객은 그 가치를 모릅니다. 제가 지금 말한 것을 평소 현금 카드를 이용하는 사람들이 CD기 앞에 설 때마다 의식할까요. 아뇨, 그렇지 않습니다. 단지 스르륵 돈이 나오고 자기계좌에 이상이 없으면 아무도 뭐라 생각조차 하지 않습니다. 진짜 커다란 문제가 일어나지 않는 한은 말이죠."

히사코가 담배를 피우면서 노래하듯 중얼거렸다.

"고객에게 들킬 걱정이 없으면 장사꾼들은 예사로 거짓말을 하지."

소이치는 쓴웃음을 지었다. "당신 부티크에서만은 그러지 말아줘."

"글쎄, 어떨까." 히사코는 웃는다. 소이치는 익살스럽게 얼굴을 찡그리며 계속했다.

"그뿐 아니라, 이 경우 은행이 선전하는 대로 실행하면 고객에게 불평이 들어옵니다."

다시 호스트 컴퓨터의 그림을 그리고 말을 이었다.

"지극히 상식적으로 생각해 봐도 비밀번호 조회를 대수가 한정된 호스트 컴퓨터를 통하는 것과 각 점포에 복수 설치되어 있는 CD기에서 처리하는 것은 걸리는 시간에 차이가 난다는 것은 아시겠죠. 호스트 컴퓨터를 통하면 그렇지 않는 경우와 비교해서 처리 시간이 길어집니다. 즉 고객은 그만큼 기다려야 되지요. 은행의 CD기 앞에 섰을 때 사람들은 아주 성미가 급해집니다. 특히 월급날이나 휴일 전날 등, 평소 때도 줄을 길게 서야 하는데 겨우 자기 차례가 왔나 했더니, '지금 컴퓨터에 조회중입니다. 기다려 주십시오'라는 표시가 계속 떠 있다—화가 나지요."

자신의 가슴에 손을 얹어 보며 치카코는 납득했다.

"물론 한 건의 처리에 필요한 시간의 차이는 매우 근소합니다. 몇분의 일 초, 몇십분의 일 초입니다. 그러나 이용객은 많습니다. 넓은 지역에서 많은 사람이 동시에 CD기를 조작합니다. 그게 쌓이면 어떻게될까요?"

소이치는 천천히 고개를 흔들었다.

"늦어! 라고 화를 내는 고객에게 위조 카드 방지를 위한 시스템 등에 대해 설명한다 해도, 더 화를 돋울 뿐입니다. 누구든 설사 위조 카드 사건이 일어났다고 해도, 그런 것은 자신과 관계가 없다고 생각하기 때문이죠. 애당초 무슨 일이 나도 은행이 손해를 입을 리가 없잖아? 보험도 있고. 그보다 고객의 편리를 우선으로 생각해, 은행은 여기뿐만이 아냐—그렇죠?"

치카코는 웃어 버렸다.

"마지막 말이 가장 무섭겠네요…….. 농담이 아니라."

이야기의 줄거리가 보였다.

다이쿄쇼와 은행은 합병과 동시에 뭔가 새로운 시스템을 도입했다고 들었다. 어슴푸레한 기억이지만 간자키가 그렇게 말했다. 소이치가 지금까지 해 준 설명에 의하면 아무래도 표면상의 거짓말인 것 같다.

"다이쿄쇼와 은행에서 도입한 것은 RCA 방식입니다. 이 방식은 현금 카드에 비밀번호가 기록되지 않습니다. 조회는 항상 호스트 컴퓨터를 통합니다. 그리고 가능한 한 처리 시간을 단축할 수 있도록 최신 수퍼 컴퓨터를 사들였다고 합니다."

치카코가 앞질러 말했다.

"그러나 실제로는 그런 방식을 채택하지 않았죠?"

"그렇습니다. 하드웨어는 새것이지만 소프트웨어는 예전 그대로입니다. 다이쿄 은행과 쇼와 은행, 쌍방의 '종래의 방식'이란 제가 처음 이야기한 첫 번째 방식입니다. 비밀번호 암호화조차 하지 않았습니다. 아니, 정말입니다. 합병 후에 히사코에게 부탁해서 우리 지점에서 계좌를 열어 손에 넣은 현금 카드를 조사해 봤으니까요."

"지금까지 그렇게 해도 별일 없었던 게 신기해."

"운 좋은 우연이 계속된 겁니다." 소이치는 말했다. "양쪽 은행 모두 지금까지 위조 카드에 의한 사건은 발생하지 않았습니다. 적어도 세상에 알려진 형태로는 일어나지 않았습니다. 하지만 다른 은행에서는 그런 사건이 일어났기 때문에, 보호책을 강구해 왔습니다. 그러면 저 은행이 하는데 이 은행이 하지 않을 리가 없다—는 식으로, 실세로는 아무것도 하지 않더라도 다이쿄 은행이나 쇼와 은행도 똑같은 보호책을 채택하고 있는 걸로 보입니다. 이체 수수료도 일률적이니까 은행에는 그런 내부 협정이 분명히 있을 거라고 세상은 생각하지요. 그래서 못 보고 지나쳐 왔던 겁니다."

"어처구니없지?"라는 히사코. "이번 합병은 제대로 고칠 수 있는 좋은 기회였는데."

"또 돈이 원수인 게죠." 소이치는 조용조용 말했다. "하나에서 열까지 전부 새롭게 해야 하니까, 봉투도 복사 전표도 간판도 배지도 유니폼도 모두 다. 억 단위의 돈이 나갑니다. 그런 일과성의 것만이 아니라, 사원이 늘어나서 앞으로도 계속 눈에 보이지 않는 부담이 늘어갈 겁니다. 그래서 저처럼 한직으로 돌려진 나이 많은 사원들이 모두 어깨를 두들겨 맞고 있지요."

히사코는 전혀 다른 의미를 담아 소이치의 어깨를 두드렸다.

"은행은 군함 같은 겁니다, 하다 씨. 몸집이 커지는 만큼 방향 전환에 시간이 걸리지요. 방향을 바꾸기 위해 터무니없는 에너지를 소모합니다. 원래 단독으로는 꾸려 나갈 수 없을까 봐 합병을 했습니다. 제가 볼 때는 그런 와중에 잘도 수퍼 컴퓨터를 샀구나 싶었죠. 갑자기 RCA 방식으로 전환하는 건 무리였는데."

"언젠가는 하겠다는 의욕이야 있겠지. 언젠가는." 히사코가 말한다. "하지만 실행하지 못하는 동안 적당히 둘러대기만 해서는 안 돼. 그런 건 사양이라구."

치카코는 두 사람이 자신을 데려 온 이유를 이제야 겨우 이해했다.

"두 분은 멋대로 비밀번호를 기입한 위조 카드가 다이쿄쇼와 은행에서 통용된다는 사실을 세상에 알릴 작정이군요?"

"그렇습니다. 절대로 무마시키지 못할 방법으로 말이죠."

또한 간자키의 「도쿄일보」 특집 기사는 다이쿄쇼와 은행의 거짓말을 일부러 선전해 준 것이 된다. 매스컴 대상의 시연을 보고 안심했든지, 은행의 홍보과가 말하는 것을 그대로 받아썼든지─어느 쪽이든 한심한 이야기다.

그래서 두 사람은 치카코를 끌어들인 것이다. 아까 언뜻 느낀 간자키에 대한 분노가 좀더 눈에 보이는 형태로 되살아났다.

"어때, 같이 하지 않을래?" 히사코는 치카코의 손을 잡았다. "뭐든 다 알고 있을 것 같은 당신 남자친구도 타인이 말하는 것을 그대로 믿는 어수룩한 부분도 있다는 걸 잘 알았겠지."

치카코는 조용히 정정했다. "전 남자친구예요."

"우리는 돈이 목적이 아닙니다." 소이치는 단호하게 말했다. "오히려 정말, 진짜로 돈이 목적인 대사건이 일어나기 전에 은행을 구하고 싶습니다. 아니, 제 동료들을 구하고 싶어요. 만일의 일이 일어났을 때 가장 힘든 것이 현장에 있는 그들이니까요. 이런 큰 거짓말이 통용된다고 생각하는 간부 패거리가 아니라요."

"계획은 이미 완성되어 있어. 그렇지만 도움이 필요해. 무리해서 권하진 않겠어. 생각해 봐. 그리고 이 일은—."

히사코는 입술에 검지를 갖다 댔다. 치카코는 굳게 맹세했다.

6

"그때 사흘 동안 생각했어요." 치카코는 다키구치에게 말했다. "그리고 승낙했어요. 협력하기로 했죠."

"결단을 내린 계기가 있었습니까?"

다키구치가 물었다. 치카코는 웃었다.

"프로야구 뉴스예요."

"텔레비전?"

"네. 간자키는 야구를 좋아했어요. 확고부동한 자이언츠 팬이죠. 하지만 기자라는 일이 그렇잖아요? 시합 중계를 볼 수가 없는 날도, 결과를 알 수 없는 날도 있어요. 그래서 언제나 제게 프로야구 뉴스를 봐 달라고 했어요. 제게 전화 한 통만 하면 뭐든 알 수 있으니까요. 전 스크랩북까지 만들었어요."

다키구치는 이상하다는 표정을 지었다. "그게 어떻게 결단의 이유가 됩니까?"

"전 야구를 통 몰라요. 스코어와 승패 정도는 알지만 룰 따위는 전혀. 시합을 보고 재미있다고 느낀 적은 한 번도 없었어요."

이상하죠, 하며 다키구치에게 웃음을 보인다.

"그런데도 그 사람과 헤어지고 나서 매일 밤 프로야구 뉴스를 봤어요……. 그것도 그 무렵은 시즌 중이 아닌지라 매일 똑같은 것만 나와서 시시했는데도. 그런 나를 보면 누구나 한심하다고 생각할 거예요. 어떻게든 간자키 시게루의 그늘을 떨쳐버려야겠다고 그때 결심했어요—."

계획은 완성되어 있었다.

형식상으로는 위장 유괴다. 인질은 모리나가 소이치. 돈을 요구할 곳은 다이쿄쇼와 은행 본점.

실행하기 전에 소이치는 위조 카드를 준비하고, 히사코와 치카코는 분담해서 변장에 필요한 의류나 가발 등을 사 모아, 그것들을 사용할 장소에 예행연습을 하러 나갔다.

소이치는 은행에서는 외근 업무만 했고, 다른 부서로 간 적이 없다고 한다.

"젊을 때라면 외근으로 착착 성적을 올리는 것이 출세의 지름길 중 하나였지만, 저 정도 나이가 되어서까지 아직 밖으로 돌고 있다는 것은 요컨대 다른 데는 쓸모가 없다는 의미죠."

실행의 형편상 소이치가 담당했던 구역이나 항상 지나다니는 길 등을 히사코나 치카코도 자세히 익혔다. 소이치에 따르면 그의 담당 구역에는 은행에게 소중한 고객인 법인이나 상점은 거의 없다. 아파트 단지나 주택가가 대부분이다. 소이치는 한시도 눈을 떼기가 어려운 어린아이를 업은 젊은 어머니의 만 엔 단위의 입출금이나 공공요금의 지불 등도 전화 한 통으로 흔쾌히 받아들여 성실히 가 주었다. 독거노인 중에는 계좌로 이체되는 연금의 관리를 그에게 일임하는 사람까지 있었다.

"노인들 중에는 은행에 나가는 것도 힘들고, 막상 가 봐도 기계를 조작할 줄 모르는 분이 상당히 많습니다."

그러한 고객들에게 소이치와 같은 외근 사원은 귀중한 존재다. 하지만 은행에게 그는 단지 실적이 신통치 않은 한 사람의 은행원에 지나지 않는다. 그렇기 때문에 소이치가 컴퓨터에 밝고 흥미를 가지고 정보를 계속 모아 왔는데도 전혀 눈치 채지 못했다—눈치 채려고도 하지 않았다.

—조직이란 어떤 인간의 능력을 인정해서 배치하는 것이 아니야. 먼저 그 인간을 배치하고 나서 거기에 맞는 능력을 개발하든지 틀에 맞추는 거야.

간자키가 자주 했던 말이다. 그래서 우선 자신이 희망하는 위치에 확실히 들어갈 좋은 요령이 필요한 거야, 라고도.

소이치가 모은 컴퓨터 기기는 모리나가 부부의 자택과는 다른 장소에 설치해 두었다. 히사코가 투자용으로 산 원룸 맨션 중 하나로, 세금 대책상 명의도 변경해 놓았다.

"세무서에 들키면 큰일 나. 치카, 부탁이니까 밀고하지 말아 줘."

소이치는 그곳에서 몰래 위조 카드를 계속 만들었다. 전부 스무 장이다.

필요한 데이터는 그가 은행 내부에서 가져왔다. 단말기 조작만으로 간단히 불러낼 수 있었다. 다만 나중 일을 생각해서 두 사람분만 일부러 CD기에서 발행하는 지불 전표를 주워 와서 데이터를 뽑아냈다. 그리고 그 전표를 보관해 두었다.

"이런 식으로 했습니다, 라고 설명해야 하니까요."

스무 명의 고객은 완전히 무작위로 골랐다. 다이쿄쇼와 은행 지점에 계좌를 갖고 있고, 어느 정도 정기적으로 돈을 입출금하는—즉 활동하는 계좌라면 뭐든 상관없다.

나이, 직업, 성별, 전부 제각각이다. 계좌가 있는 지점도 모두 다르다. 물론 모리나가 부부와도, 치카코와도, 아무런 관계가 없다. 면식도 없다.

단 한 사람을 빼면.

"간자키 씨의 계좌도 잠시 빌리자." 말을 꺼낸 것은 히사코였다. "괜찮지, 치카. 스무 명 중 한 사람이니까."

치카코는 승낙했다. 간자키의 계좌에서 돈을 인출하기 위한 위조 카드 비밀번호는 치카코가 정했다.

자신의 생년월일을 썼다. 쇼와 40년 7월 7일. 4077이다.

"치카, 칠석날에 태어났구나."

간자키는 벌써 잊었겠지—하고 생각했다.

7

결행일은 2월 14일로 결정했다. 중순의 수요일. 월초나 월말, 휴일 다음이나 주말에 하면 현장 행원들이 불쌍하다고 소이치가 말했기 때문이다.

먼저 전날인 13일 밤부터 소이치가 행방불명이 된다. 자동차는 가까운 역의 주차장에 방치하고 그 역 화장실에서 사전에 히사코가 물품 보관함에 넣어둔 옷으로 갈아입는다. 벗은 옷은 같은 보관함에 넣고, 컴퓨터를 설치한 맨션에 몸을 숨긴다.

밤이 되기를 기다려 히사코가 물품 보관함 키를 받아, 역으로 가서 거기에 들어 있는 소이치의 옷을 조금 떨어진 곳에 있는 대형 수퍼 쓰레기통에 버리고 온다. 그리고 다이쿄쇼와 은행 본점에 전화를 건다. 음성 변조기를 이용해서 목소리를 바꾸고 짤막하게.

귀 은행 조토 지점에 근무하는 행원 모리나가 소이치를 유괴했다. 신병을 인도하려면 현금 오천만 엔을 준비하라. 전달에 관해서는 다시 연락하겠다. 유괴 사실을 확인하려면 JR선 XX 역의 주륜장 및 수퍼 XX 조토점의 쓰레기통을 보라. 경찰에는 신고하지 마라.

"신고하지 말라고 해 봤자 신고하겠지만" 하는 히사코. "우리 여보야, 체격이 약해 보이니까. 유괴 인질로는 적격이지."

히사코가 전화를 건 후, 치카코는 그녀로부터 음성 변조기를 받아서 자기 집으로 돌아간다. 히사코에게는 한 시간도 지나지 않아 은행 관계자나 경찰관이 올 것이다.

결행일 밤에는 역시 아무것도 먹을 수 없었다. 치카코는 시계를 바라보며 약속한 오후 아홉 시가 되기를 기다려서, 다이쿄쇼와 은행 본점 대표 번호로 전화를 걸었다. 음성 변조기를 통하니 남자같이 굵은 목소리가 되었다.

전화기 저편에서 상대방의 당황하는 모습이 전해져 온다. 소이치의 자전거와 옷을 확인했을 것이다. 역탐지된다는 것은 잘 알기 때문에 치카코는 재빨리 말했다.

돈이 지불되지 않을 경우 인질은 바로 살해한다. 오천만 엔은 전액 신권이 아니면 일만 엔 지폐로 준비하라. 돈은 반드시 지불할 테니 인질에게 위해를 가하지 말아 달라고 상대방이 애원하는 도중에 수화기를 내려놓았다.

돈의 종류까지 지정하는 것은 직전까지 CD기를 이용하는 것을 눈치 채지 못하게 하기 위해서라고 소이치는 말했다.

열한 시가 지나서 치카코는 소이치가 있는 맨션으로 차를 몰았다. 이때를 위해 전날 친구로부터 경차를 빌렸다.

소이치는 히사코가 준비한 옷으로 갈아입고 있었다. '벌써 언제인지 기억도 잘 나지 않는 옛날에' 재활용 가게에서 입수했다는 낡은 운동복이었다.

"추우시죠."

"뭘요, 하룻밤인데."

소이치는 경차의 좁은 뒷좌석에 웅크린 채 타고 있었다. 차는 치바 현과의 경계를 향한다. 가깝게 지내는 부동산 가게에서 얻은 정보로 에도가와 구 근처에 유산 상속 때문에 유족들 간에 싸움이 나서 팔려고 해도 팔지 못하고 부수려 해도 부수지 못하는 커다란 폐가가 있다는 사실을 모리나가 부부는 알고 있었다. 주위에 인가가 적은 장소이기는 했지만, 그곳에 접근할 때 치카코는 가발과 선글라스를 쓰고 차번호판에 진흙을 묻혀 두었다.

폐가에 도착해서 소이치를 묶었다. 여자 혼자인데다 상당히 주눅이 든 탓에 제대로 묶지 못했다. 그래도 소이치에게 격려를 받으며 재갈을 물리는 것까지 어떻게든 끝마쳤다.

치카코가 폐가를 나올 때 소이치는 몇 번이나 끄덕여 보였다. 괜찮아, 괜찮아, 하는 듯이.

친구에게 차를 돌려주고 나서, 치카코는 처음으로 혼자 바에 갔다. 간자키와 헤어진 바로 그 바에서 마르가리타를 두 잔 마셨다.

새벽 두 시 넘어 맨션에 돌아오자, 엘리베이터 홀에 아무리 봐도 형사처럼 엄격하게 생긴 남자가 한 명 서 있었다. 잠복인가, 하고 생각했다. 누군지 묻기에 이름과 집 호수를 말했다. 숨결에서 술 냄새가 묻어나는 것을 스스로도 알 수 있었다.

엘리베이터를 기다리는 사이 벽에 머리를 기대고 있자, 엘리베이터를 탈 때 그 형사가 손을 빌려 주었다. 감사합니다, 하고 치카코가 말했다.

다음 날, 돈을 받을 시간이 왔다.

원래 계획으로는 인질인 소이치가 변장을 하기로 되어 있었다. 하지만 역시 위험이 크다. 치카코는 자신이 하겠다며 모리나가 부부를 설득했다.

"그냥 CD기에서 돈을 인출하는 것뿐이잖아요."

"하지만 은행 시스템에서는 지정된 계좌에서 돈을 인출할 때 어느 지점의 CD기가 사용되는지 체크할 수 있습니다. 물론 초단위로 알 수 있는 것은 아니고, CD기가 인식하고 나서 경관이 급히 달려올 때까지 시간은 걸리겠지만 위험합니다. 하다 씨에게 시킬 수는 없습니다."

"전 발이 빨라요. 제가 하게 해 주세요. 여기까지 발을 들여놓은걸요."

아침 여덟 시에 일어나 진한 커피를 두 잔 마신 후 소형 보스턴백에 의류와 가발, 필요한 것 일체를 넣고 치카코는 출발했다. 이번에는 경관과도 마주치지 않았다.

그대로 도심의 비즈니스호텔에 체크인한다. 방에서 옷을 갈아입고 가발을 쓰고 화장을 짙게 하고 선글라스를 끼고 가방에 소이치가 만든 위조 카드와 사용할 CD기의 리스트, 휴대용 녹음기를 넣고 밖으로 나간다.

소이치가 세운 계획은 몸값을 각 팔십만 엔씩—즉, CD기 한 대에서 한 번에 인출할 수 있는 한도액까지—사전에 위조 카드를 만들어 둔 스무 명의 계좌로 이체하는 것이었다.

은행의 송금 업무는 지금은 모두 컴퓨터를 통해 온라인화되어 있다. 즉, 다이쿄쇼와 은행 측이 키를 두드려 지정된 계좌에 지정된 돈을 이체하도록 입력하면, 호스트 컴퓨터에 의한 처리가 끝난 순간에, 즉 수십 초 후에는 그 계좌로 돈이 들어온다. 옛날 큰 화제가 되었던 산와 은행의 여자 행원에 의한 횡령 사건도 이런 실시간 처리의 특징을 악용한 것이다.

오전 아홉 시 정각에 치카코는 첫 번째 전화를 걸었다. 맨 처음 인출에 사용할 CD기가 있는 지점 바로 앞 공중전화에서. 상대가 무슨 말을 해도 들을 필요는 없었다. 가만히 숨을 죽이고 송화구에 녹음기의 스피커를 바짝 대고 재생 버튼을 누른다.

음성 변조기를 통한 소이치의 목소리가 최초로 사용하기로 한 간자키 시게루의 계좌번호를 말하고 오 분 이내에 팔십만 엔을 이체하도록 명령했다. 스무 개 지점분의 똑같은 메시지를 녹음해 두었다.

전화를 끊고 치카코는 손목시계를 보았다. 오 분이 지나 눈앞에 있는 다이쿄쇼와 은행 지점의 문을 밀었다. 현금 인출 코너는 은행 내

카운터에 있는 행원에게는 보이지 않는 위치에 있다. 그런 지점만 골랐다.

CD기를 마주했을 때 처음으로 무릎이 떨렸다.

틀리지 않도록 신중하게 스무 장의 위조 카드 중에서 '간자키 시게루'의 카드를 고른다. '인출 통장 없음'의 키를 누르고 카드를 넣는다.

"비밀번호를 눌러 주세요."

4 0 7 7

"금액을 눌러 주세요."

팔십만 엔.

'지금 조회중입니다'라는 글자가 나온다. 달그락달그락, 지잉, 달그락달그락, 지잉. 그리고 지폐를 세는 차르르 하는 소리.

"지폐를 수령하여 주십시오. 감사합니다."

지폐 출납구가 열리고 일만 엔 지폐 한 덩어리가 나온다. 치카코는 그것을 움켜쥐고는 옆에 달린 주머니에 든 봉투에 담아 가방 안에 던져 넣었다.

자동문을 통해 밖으로 나간다. 기온은 낮지만 좋은 날씨였다. 바쁘게 지나쳐가는 사람들 중 누구도 치카코에게 시선을 주지 않는다. 완벽했다.

다음 CD기가 있는 지점으로 가기 위해 지하철 계단을 향한다. 딱한 번 뒤돌아보니 지금 막 나온 자동문에 겨울 햇빛이 부드럽게 반사되고 있다. 그쪽에 가까워지는 그림자조차 보이지 않았다.

"—그렇게 해서 전화를 걸어, 스무 명의 다이쿄쇼와 은행 계좌에 팔십만 엔씩 입금받아 스무 개 지점 CD기에서 바로바로 인출을 하며 돌아다녔다—."

다키구치는 켄트에 불을 붙였다가 연기 때문에 눈을 찡그렸다.

"그러나 계좌가 도용된 스무 명에게 금전적인 손실을 입힌 것은 아니다. 입금받은 돈을 인출했을 뿐이니까. 즉 스무 명의 계좌는 중계 지점으로 사용되었다."

"네, 그렇습니다." 치카코는 앞에서 흘러가는 연기를 눈으로 좇았다.

"원래 요구 금액은 오천만 엔이었지만, 스무 개 지점 천육백만 엔으로 그만뒀어요. 왜냐하면—."

"돈이 목적은 아니었으니까. 다이쿄쇼와 은행이 선전한 대로 RCA 방식을 정말 채택했다면 이런 일은 생기지 않는다는 것을 만천하에 알리면 되니까—그런 말이죠?"

치카코는 고개를 끄덕였다.

2월 14일 심야에 소이치가 자력으로 밖으로 나와서 구출되었다. 그 후 있지도 않은 유괴 사건과, 있지도 않은 유괴범을 꾸며 내기 위해 그는 거짓말과 연기의 나날을 보냈다.

"그렇게 잘될 거라고 생각하지 않았어요." 치카코는 말하며 다키구치에게 미소 지었다.

"언젠가는 들킬 거라고, 계속 생각했어요. 그래도 상관없었어요. 죽는 것보다는 훨씬 낫잖아요."

그 사건이 없었다면, 모리나가 부부와 알게 되지 못했다면, 나는 계속 죽어 있었을 것이다—라고 치카코는 생각한다. 몸은 살아 있더라도 마음은 죽어 있었을 것이다. 그리고 내 묘비에는 간자키 시게루의 이름이 적혀 있었을 것이다. 그가 거기에 꽃을 바치러 오지는 않았겠지만.

"모리나가 씨 부부도 진상을 간파당하는 것은 별로 두려워하지 않았던 것 같아요."

"컴퓨터 범죄를 저지르는 인간들은 어딘가 그런 부분이 있군요." 다키구치는 쓴웃음을 지었다. "이런 것도 할 수 있어, 깜짝 놀랐지? 하는 식으로."

속여서 뜯어낸 천육백만 엔은 사건 직후 범행에 사용된 위조 카드 스무 장과 스무 장의 지불 전표를 견본으로 붙인 설명서와 함께 JR 신주쿠 역 동쪽 출구의 물품 보관함에 넣어두었다. 사흘 후 그것은 사건 수사본부 손에 넘어갔다.

그 이후 범인이 밝혀지지 않은 채로 현재까지 반년이 경과했다.

"다이쿄쇼와 은행은 이제 진짜 RCA 방식으로 바꾼 듯합니다. 어디까지나—듯합니다, 지만."

다키구치의 말에 치카코는 웃었다.

"하다 씨, 「위클리 저널」의 사과와 정정 기사는 보았습니까? 독자로부터 항의가 쇄도하는 바람에 곤욕을 치른 것 같습니다."

"그렇군요."

두 사람은 잠시 입을 다물었다. 어딘가에서 매미가 울기 시작했다.

"어떻게 아셨어요?"

치카코의 물음에 답해 주기 전에 다키구치는 머리 뒤에 손을 얹고 벤치 등받이로 몸을 젖혔다.

"오래 앉아 있으면 등이 아픕니다. 나이가 나이라서."

그러고 나서 나직이 말했다.

"비밀번호입니다."

치카코는 시선을 들었다. 다키구치는 이쪽을 보고 있지 않았다. 푸른 하늘을 보고 있었다.

"계좌가 도용된 스무 명은 우리 조사에서도 서로 전혀 관계가 없다고 밝혀졌습니다. 범인 그룹은—먼저 틀림없이 복수범이라고 생각했고, 모리나가 씨도 그렇게 증언했으니까요—완전 무작위로 스무 명을 골랐을 뿐이라고, 전원이 범인들과 아무 관계도 없는 사람들이라고 수사본부는 판단했습니다."

그런데 말이죠, 다키구치는 훗 하며 웃었다.

"어떤 한 사람만 위조 카드에 기입된 비밀번호와 본인이 사용하는 진짜 비밀번호가 일치했습니다. 완전히 똑같았지요. 누구 카드라고 생각하십니까?"

치카코는 다키구치의 지친 듯한 얼굴을 바라보았다.

"간자키 씨입니다." 다키구치는 말했다.

"그 사람은 당신의 생년월일을 비밀번호로 썼습니다."

잠시 말이 끊겼다. 한여름 늦은 오후, 유지매미 울음소리가 갑자기 멀어졌다.

"그가 그 계좌를 열었을 때 우리는 아직 잘 사귀고 있었어요."

헤어지고 나서도 비밀번호를 바꾸지 않은 것은 그저 귀찮았으니까. 그뿐일 거라고 치카코는 생각했다. 그 사람에게 4077이라는 숫자는 의미가 없었다. 어쩌면 처음부터.

"수사본부에서는 우연의 일치라고 생각했습니다. 다른 누구도 아닌 간자키 씨 자신이 아무렇게나 숫자를 골라서 만든 비밀번호라고 우기기도 했고, 다른 카드도 세 자리까지는 비밀번호의 숫자가 똑같은 것이—이거야말로 정말 우연이겠죠—있기도 했기 때문입니다. 그러나 간자키 씨에 관한 한 우연이라고 생각할 수 없었습니다. 그래서 사건이 사실상 종결된 후에도 계속 조사했습니다."

자기도 깨닫지 못하는 사이에 치카코는 미소 짓고 있었다.

간자키는 4077을 아무렇게나 고른 숫자, 의미 없는 숫자라고 말했다고 한다. 그렇게 우겼다고 한다.

아마 그때 이미 새 연인이 있었기 때문이 아닐까. 그녀 앞에서 예전 여자친구의 생일이라고는 할 수 없었을 것이다. 하지만 그가 그렇게 시치미를 뗀 것이 치카코를 지켜 주었다—조금 전까지는.

처음으로 다키구치가 이마의 땀을 닦는 시늉을 했다.

"단서는 적었습니다. 남겨진 증거품에는 지문도 깨끗이 닦여 있었고. CD 코너의 감시 카메라가 별 도움이 안 된다는 사실도 이번 사건을 통해 잘 알았습니다."

치카코는 유니폼 스커트 위의 눈에 보이지 않는 먼지를 털었다.

"하지만 끝내는 알아내셨군요."

"알아냈습니다." 다키구치는 차분히 말했다. "체포되는 것이 두렵습니까?"

"지금은—두려워요."

솔직한 기분이었다.

"다시 한번 간자키 씨와 만날 생각은 없습니까." 다키구치가 말한다. "그 사건으로 당신도 변했습니다. 그도 변했을지 모릅니다. 만나고 싶다는 생각이 들지 않습니까."

사건 직후 딱 한 번 간자키로부터 전화가 온 적이 있다. 치카코와 모리나가 부부가 같은 맨션의 주민이라는 사실을 안 것이다.

'아는 사이야?' 하고 물었다. '아니' 하고 대답했다. 그뿐이다.

치카코는 눈을 감았다. 진눈깨비 날리던 날 밤의 추위가 되살아났다.

"그 사람은 제게 '안녕'이라고 했습니다. '안녕'에는 대답이 필요 없죠."

다키구치는 잠자코 있었다.

"자, 그럼 갈까요." 치카코는 일어섰다. "모리나가 씨 부부는 경찰서에 계세요? 만나고 싶네요. 쳇, 들켰네, 라고 말해 주고 싶어요."

치카코를 올려다보며 다키구치는 웃었다.

"두 분은 신바시엔부조^{긴자에 있는 극장}에 간다고 들었습니다. 부부 관람이라니, 부럽네요."

그는 상의 안주머니에서 아까의 검은 수첩을 꺼내어, 내밀어 보였다.

"죄송합니다. 문방구에서 구입한 수첩입니다. 저는 퇴직했습니다. 올해 삼월에요."

아무 말도 나오지 않았다.

다키구치는 수첩을 덮고 으라차 하는 소리를 내며 일어났다.

"단념을 못해서 말이죠—아직 일에 미련이 남았습니다. 그래서 퇴직하고 나서도 계속 이 사건을 쫓아 모리나가 씨 부부와 당신을 만나러 왔습니다."

치카코는 이마에 한 손을 올렸다. 자연스럽게 웃음이 터져 나왔다.

"당신들과 만나서 다행이었습니다. 이걸로 만족했습니다. 생각해 보면 저도 이렇게 해서 형사라는 직업에 안녕이라고 말하려 했던 건지도 모르겠습니다."

둘이서 마주 보며 웃음을 교환했다. 다키구치가 말했다. "그리고, '안녕'에는 대답이 필요 없습니다."

치카코의 어깨를 가볍게 툭 하고 두드린다.

"그러니까 하다 씨도 아무 말 할 것 없습니다."

회사 뜰에 있는 시계가 오후 한 시를 가리키고 있다. 다키구치는 아, 시간을 많이 빼앗았네요, 하고 중얼거렸다.

"안녕히." 그가 말했다. 등을 돌린 그를 치카코는 가만히 배웅했다.

"참. 한 가지만 가르쳐 주십시오. 닌교야키 가게 위치 말입니다. 이 즈미야였죠? 우리 마누라가 단 걸 좋아하니까 사 가야겠습니다."

치카코는 그에게 뛰어가 설명해 주었다. 다키구치는 검은 수첩에 메모를 하고 손을 올리고는, '그럼' 하더니 사라져 갔다. 이번에는 돌아보지 않았다. 한여름의 아스팔트 거리로 녹는 듯이 사라져 갔다.

이후, 두 번 다시 그를 만날 일은 없었다.

말없이 있어 줘

왜 그렇게 발끈해 버렸을까……. 나가사키 사토미는 자문했다.

새벽 두 시, 혼자서 둑 위를 걷고 있자니 때때로 멀리서 바이크 엔진 소리가 들려온다. 사토미는 일부러 샌들 뒤축 소리를 요란하게 내며 생각했다. 사람이 고개를 숙이고 걷는 것은 앞뒤 분간 못하고 일을 저지르고 난 뒤 '왜 그런 짓을 했을까?' 후회할 때뿐이다, 라고.

이 근방은 해가 높이 떠 있는 동안은 상쾌한 산책길이다. 사토미도 매주 일요일 아침 워크맨으로 좋아하는 음악을 들으며 여기서 조깅 비슷한 것을 한다. 언제부턴가 일정한 코스까지 생겼다. 물론 심야에 온 것은 이번이 처음이다.

밤이 되면 부근 도로에는 폭주족이 출몰한다. 그들에게 휘말리면 위험하고, 그렇지 않더라도 여자 혼자 걷기 적당한 시간대는 아니다. 아파트로 얼른 돌아가야겠다고 생각하면서도 왠지 발길이 돌려지지 않는다. 애당초 이런 늦은 밤에 볼일도 없이 편의점에 간 것은, 딱히 컵라면이나 아이스크림이 먹고 싶었던 게 아니라 좁은 방에 혼자 틀어박혀 있는 것을 참을 수 없었던 탓이다.

어차피 어느 쪽이 됐든 잠들기는 다 틀렸으니까.

과장에게 그런 말을 해 버렸으니 이제 사표를 쓰는 수밖에 없다. 어차피 가는 김에, 「도라바유여성 전용 채용 정보지」라도 사 올걸 그랬다고 생각했다.

언쟁의 원인은 별것 아닌 일이었다.

7월 1일자로 중도 채용이 예정된 신입 여사원이 미인이라는 소문이 돌자 경리과 사원들이 술렁거렸다. 그러던 참에 세 시 티타임에, 쟁반으로 차를 받쳐 들고 사토미가 들어왔다. 그러자 사토미의 후배인 젊은 남자 사원이 웃으면서 이렇게 말했다.

"나가사키 씨, 다음 달부터는 차 당번 안 하셔도 되겠네요."

별로 넓은 사무실이 아니라서 탕비실에서도 경리과 직원들의 이야기 소리가 훤히 들렸다. 모두들 새 여사원이 오는 일로 소풍 전날의 초등학생같이 들떠 있었다. 사토미는 그런 얘기들이 왠지 기분 좋게는 들리지 않았다.

그래서 후배의 말이 기뻤다. 그는 사토미를 신경 써서, 나이 어린 여성이 들어오면 그녀에게도 도움이 될 거라고 돌려 말한 것이다.

그러나 기껏 누그러진 마음을 구로사카 과장이 다 망쳐 버렸다.

"우리도 젊고 싱싱한 여자가 끓여 주는 차를 마시고 싶어."

과장은 그렇게 말하고는 의자 등받이에 등을 젖히고 웃었다.

"나가사키 씨한테는 이제 질렸어. 완전히 아줌마가 다 됐잖아."

삽시간에 실내가 조용해졌다.

구로사카 과장은 그리 고약한 상사는 아니다. 물론 상사라는 사실만으로 어느 정도의 불쾌함을 주는 타입이기는 하다. 젊은 직원이 많은 경리과에서는 다들 그것을 알고 있기에, 적당히 받아넘기고 있다. 그래서 이때도 과장의 조심성 없는 한마디에 아무도 별다른 대꾸를 하지 않았다.

사토미는 묵묵히 구로사카 과장의 난잡한 책상 위에서 찻잔 놓을 공간을 찾았다. 과장 자신도 말이 지나쳤다는 사실을 눈치 채고 분위기 바꿀 말을 해야 한다는 것을 알아차린 듯했기 때문에 더 이상 쓸데없는 말은 하지 않으리라 생각했다.

구로사카 과장은 찻잔의 차를 한 모금 마시더니 사토미에게 이렇게 말했다.

"나가사키 씨는 고양이 혀인가?"

"네?"

"아니, 자네가 끓여 주는 차는 언제나 미지근해서 말이지. 혹시 집에서 맥주를 마실 때도 고양이 밥 같은 걸 안주로 먹는 거 아냐? 응?"

그는 원래 농담이 서투르다. 과장으로서는 사토미가 평소처럼 유행어라도 하나 되받아쳐서 모두 웃으면 그것으로 분위기가 풀릴 거라고 생각했던 모양이다.

사토미는 대답하지 않았다.

순간 머릿속이 새하얗게 되었다. 그리고 정신을 차려 보니 여섯 개의 찻잔을 올린 쟁반을 바닥에 내동댕이치고 이렇게 말하고 있었다.

"당신이나 그렇겠죠."

귓불이 엄청 뜨거웠던 것이 기억난다.

"당신은 좋겠어요. 하루 종일 에어컨을 빵빵하게 틀어 주는 사무실에 우두커니 앉아 아무것도 하지 않고도 남이 끓여다 주는 뜨거운 차를 마실 수 있으니까. 그런데 저는 어때요. 반나절이나 밖에서 이리저리 뛰어다녀야 하는 저는 어떻게 되는 거냐구요."

보면 볼수록 과장의 눈썹과 눈 사이가 점점 새하얗게 질려간다. 아, 핏기가 가신다는 건 이럴 때 쓰는 말이구나 하고 사토미는 어렴풋이 느꼈다.

"깔보지 마세요, 질렸다니. 전 당신 여자도 뭐도 아니에요. 아줌마?
그럼 당신 부인은 아줌마가 아니란 말이야? 언제나 뻗질나게 자랑하
는 당신 딸도 아역 배우인지 뭔지는 모르겠지만, 운이 좋아야 언젠가
아줌마가 되는 거야."

구로사카 과장이 전 미스 니가타였다던가 하는 부인과 극단 히마
와리1952년에 창단된 명문 아동극단에 들어가 텔레비전에 종종 나오는 미소녀
딸을 자랑스러워하는 것은 사내에서도 유명했다. 다른 과 사원들에
게도 알려져 있을 정도다. 그래서 사토미도 무의식중에 내뱉어 버리
고 말았다.

"칠월이 되면 새 여사원이 오겠죠? 싱싱하고 젊은 여자라면서요?
댁 좋으실 대로 그 아가씨에게 똥구멍까지 닦아 달라고 하세요. 웃기
지 말라 그래, 이 얼간이 같은 게."

그런 말을 남기고 사토미는 경리과를 나와 버렸다.

2

─역시 말이 좀 지나쳤어.

드문드문 서 있는 가로등 불빛 아래, 방수로放水路의 수면은 어두운
거울처럼 잔잔하다. 물가에 띄엄띄엄 흩어져 있는 하얀 물체는 날개
를 접고 쉬는 갈매기들이겠지. 사토미는 둑에 앉아 밤바람에 머리를
식히면서 마음속 깊이 후회했다.

'아무리 그래도 그렇지, 난 대체 어디서 그런 더러운 욕을 배운 걸
까.'

고향에 계시는 부모님이 이 사실을 알면 자식 교육을 잘못 했다고 한탄할 것이다. 어머니 아버지 모두 교사이기 때문이 면목이 없다면서 고민하다가 동반자살을 하거나—.

'아, 바보 같아.'

사토미는 일어나서 청바지 엉덩이를 털었다. 집에 가서 자자. 여기서 이렇게 고민해 봤자 아무것도 해결되지 않으니까.

'생일까지 아직 보름은 남았으니까, 아직 이력서에 스물여섯 살이라고 쓸 수 있어. 그렇게 고생하지 않아도 다음 직장을 찾을 수 있을 거야.'

그런 궁색한 계산을 하면서 콘크리트 계단을 내려갔다.

둑 아래는 차 두 대가 거의 스치고 지나갈 정도로 폭이 좁은 도로가 뻗어 있다. 군데군데 노상 주차된 차가 여기저기 있는데다 으슥한 길이라서 사토미는 주위를 신경 쓰고 있었다. 차 뒤에 숨어 있던 치한이 덮칠지도 모르니까.

'지금 괴한의 습격으로 살해당하면, 다잉메시지로 과장의 이름을 쓸 테다. 구로사카에게 당했다고.'

집요하게 그런 생각을 하는 이유는 아직도 분이 안 풀렸기 때문이다. 나도 말이 지나쳤지만 그 자식이 나쁘다는 사실에는 변함이 없다. 흥이다.

도로를 건너려는 찰나 오른쪽에서 비추는 헤드라이트 불빛을 알아차렸다. 하얀 승용차 한 대가 곧장 이쪽으로 달려오고 있다.

밤에는 눈으로 느끼는 것보다 차가 훨씬 빠르게 달린다고 배웠다. 그래서 사토미는 얌전히 둑 아래의 블록 위로 올라가서 차가 지나가기를 기다리기로 했다.

하얀 승용차가 거침없이 달려온다. 헤드라이트가 위로 향해져 있어 얼굴을 정면으로 비추는 바람에, 사토미는 부신 눈을 가늘게 떴다.

차가 다가온다. 타이어가 아스팔트에 미끄러지는 소리가 나고, 사토미의 시야를 오른쪽에서 왼쪽으로 완전히 가로질렀다. 통과하는 순간에 앞 유리가 보이고 앞 좌석에 두 사람이 앉아 있는 것이 보이고 그들의 어깨에 안전벨트가 대각선으로 채워져 있는 것이 보이고 열려 있는 뒤 유리가 보이고, 그리고—.

'어? 아는 사람인가?'

그렇게 생각한 것은 핸들을 쥐고 있는 운전자 얼굴에 떠오른 '앗!' 하는 표정을 보았기 때문이다. 남자다. 눈을 크게 뜨고 있다. 핸들에서 왼손을 떼고 손가락으로 사토미를 가리켰다. 그리고 소리쳤다.

"저 여자다! 저 여자야! 겨우 찾았어! 어이—."

다음은 들리지 않았다. 차는 타이어를 끽끽대며 사토미의 앞을 지나쳐 갔다가 갑자기 좌우로 후미를 실룩거리더니, 속도를 줄이지 않은 채 십 미터 정도 앞에서 둑 아래 블록 위로 올라가 그대로 콘크리트 벽으로 돌진했다.

"위험해!"

사토미가 몸을 움츠리고 소리쳤을 때, 운전자가 핸들을 왼쪽으로 꺾어 스케이트보드를 타는 듯 둑 옆으로 올라타더니, 충돌음을 내며 어이없이 옆으로 쓰러졌다. 잠시 후 둔한 핑음과 함께 창이라는 창에서 새빨간 불꽃이 뿜어져 나오는 모습을, 사토미는 그저 망연히 바라만 보고 있었다.

3

부상을 입지는 않았지만, 달려온 구급 대원은 일단 사토미를 봐 주었다.

"괜찮습니까? 얼굴빛이 창백합니다."

구급 대원은 눈앞에서 사망 사고를 목격했으니 충격을 받는 것도 무리가 아니라고 했다.

"따끔따끔한 부분은 없습니까? 화상을 입었을지도 모릅니다."

"없는 것 같아요. 차하고 약간 떨어져 있었거든요."

구경꾼이 많이 몰려와서 도저히 심야라고는 생각할 수 없는 소동이었다. 경찰 마크가 들어간 빨간 컬러콘이 도로에 점점이 놓여져, 사고 현장을 반원형으로 둘러싸고 있었다. 경찰 밴이 한 대, 경찰차가 두 대. 소화기의 하얀 가루가 아직 공중을 떠다녀서인지 사토미는 코가 근질근질하는 느낌이 들었다.

구급 대원이 가고 난 뒤 경찰관이 다가왔다. 블록에 앉아 있던 사토미가 일어나려고 하자, 그냥 앉아 계시라고 말했다. 모자 아래로 눈초리가 늘어진 친절한 인상의 얼굴이 보였다.

우선 사토미의 신원 확인부터 시작했다. 근무처 이름을 댔을 때에는, 내일이라도 그만둘 회사지만요, 라고 덧붙이고 싶은 것을 참았다.

"다치지는 않았습니까?"

"네, 괜찮아요."

"이런 시간에 뭘 사셨습니까?"

경관은 사토미가 들고 있는 비닐봉지를 가리켰다.

"저, 야행성이거든요."

"내일 근무에 지장이 있을 텐데요. 게다가 밤길을 여자 혼자 걷다니 대단하십니다."

경찰관이 묻는 대로 사토미는 자기가 목격한 사고를 처음부터 끝까지 이야기했다. 하지만 운전석에 있었던 남자가 사토미를 가리키며 '저 여자야! 겨우 찾았어!' 라고 외쳤다는 것만은——.

말할 수 없었다.

함부로 떠들어서는 안 될 것 같은 느낌이 들었다. 최소한 그 남자가 누구인지 알 때까지는.

사토미는 왜 그가 자기를 가리켰는지 알 수 없었다.

친구나 지인 중에 하얀 승용차를 타는 사람이 있기는 있다. 하지만 그들의 얼굴은 보면 바로 알 수 있다.

그 남자는 아니다. 분명 사토미의 기억 속에 없는 얼굴이었다. 하물며 사토미를 '저 여자' 라고 부를 리가 없다.

"저…… 운전하신 분은?"

조심스레 물어보자, 경관은 시원스럽게 대답했다.

"둘 다 안됐습니다. 완전히 타 버렸어요."

사토미는 꼴깍 하고 마른 침을 삼켰다. 새카만 차 안에서 똑같이 새카만 것이 둘, 하얀 시트에 싸여 운반되는 정경이 눈앞에 떠올랐다.

"근처 사시는 분들인가요?"

"글쎄요……, 지금 차번호를 조회하고 있으니까 곧 알 수 있을 겁니다."

"어떻게 이런 일이……."

"지금 파악된 바로는, 아무래도 운전중에 한눈을 판 것 같습니다. 갑자기 비틀비틀하기 시작했다죠?"

"네, 그래요. 마치 운전자가 눈이 안 보이게 된 것 같았어요."

사실은 그렇지 않다. 그 남자는 사토미를 보고 놀란 나머지, 얼이 빠져 운전을 잘못한 것이다.

하지만 그렇게 말할 수는 없다. 그러면 마치 사고의 책임이 사토미에게 있는 것처럼 들릴 테니까.

경관이 현장에서 약간 떨어진 경찰차 옆으로 다가가 동료와 뭔가 이야기하고 나서 되돌아왔다.

"차 주인은 아시하라 쇼지라는 사람입니다. 아는 분입니까?"

"아는 사람이라니, 말도 안 돼요!"

사토미는 격렬히 부정했다. 기세가 지나쳤나 하고 생각할 정도로.

아시하라 쇼지. 낯설다. 아는 사이일 리 없다. 전혀 모르는 이름이다.

"그렇습니까. 아니, 또 혹시 모르니까요."

경관은 서글서글하게 말하고 가볍게 고개를 숙였다.

"수고하셨습니다. 나중에 또 사건에 대해 묻는 일이 있을지도 모르겠군요. 잘 부탁드리겠습니다."

이것으로 해방인가. 사토미는 가슴이 두근두근했다. 결국 말하지 않은 채 그 사실을 마음속에 담아 두었기 때문이다. 심장이 무거워, 무거워 하고 항의한다.

"저 말고 이 사고를 목격하신 분이 있나요?"

사토미가 묻자 경관은 눈초리를 살짝 올렸다.

"왜 그런 질문을 하시죠?"

"아니, 누군가가 110번일본의 긴급 신고 번호에 신고를 했나 해서요. 저도 전화를 걸어야지, 걸어야지 하면서도 무서워서 발이 떨어지지 않았거든요."

"그야 그럴 겁니다."

경관은 위로하듯 고개를 끄덕이더니, 경찰차 옆에 있는 두 명의 남녀를 돌아보았다.

"저 부부가 신고하셨습니다. 저기 맨션의—." 바로 뒤의 하얀 건물을 가리키고 말을 이었다.

"제일 위층에 사신답니다. 베란다에서 맥주를 마시다가 사고를 목격했다고 합니다. 역시 야행성인가."

나 말고도 목격자가 있었다. 저 차가 제멋대로 둑에 부딪쳤다고 증언해 줄 사람이.

현장을 떠나기 전에 사토미는 어떻게 해서든 저 부부와 이야기하고 싶었다. 말을 걸자 옷을 보고 짐작했는지, 두 사람은 바로 사토미를 알아보고 호들갑을 떨며 동정해 주었다.

"위험했죠. 오 미터쯤 앞이었으니까 당신도 말려들 뻔했잖아요. 저희가 똑똑히 봤어요."

"무사해서 다행이네요."

사람 좋아 보이는 젊은 부부로, 둘 다 조금씩 술 냄새를 풍겼다. 하지만 말투도 그렇고 태도도 똑 부러졌다.

"한눈을 팔았든지 졸음운전이 아닐까요. 그렇지만 심하네. 차는 무섭다니까."

정말 그렇군요, 라며 동의하고 사토미는 부부와 헤어졌다. 부부는 사고 직전에 운전석의 남자가 사토미를 가리키며 소리친 사실까지는 알지 못했다.

안도와 동시에 혼자서 그 사실을 알고 있다는 것이 두 배의 무게로 가슴을 짓눌러온다. 새벽녘이 다 되어서야 아파트로 돌아와 질척하게 녹아 버린 아이스크림을 싱크대에 버리고 있을 때, 어떻게 할 수도 없이 무릎이 떨리기 시작해서 싱크대 테두리를 잡은 채로 털썩 주저앉았다.

저 여자다! 저 여자야! 겨우 찾았어—.

4

다음 날 조간신문에 그 사고는 실려 있지 않았다. 마감 시간에 맞추지 못했을 것이다. 덕분에 사토미는 텔레비전 앞에서 꼼짝 않고 뉴스 프로그램을 주시했다.

두 사람이 사망했다고는 하지만 단순한 교통사고다. 뉴스는 극히 짧게, 필요한 최소한의 사실밖에 전해 주지 않았다.

뉴스에 따르면, 운전하던 남자는 역시 아시하라 쇼지였다. 사십오 세. 자택은 시나가와 구로 당연히 차도 시나가와 번호판을 달고 있었다. 조수석에 타고 있다가 사망한 사람은 아시하라 구미코, 사십사 세. 쇼지의 아내다.

'부부였나……'

아시하라 씨는 시나가와 역 근처에서 '캐리비안'이라는 레스토랑을 경영하고 있다고 한다. 사고의 원인은 아시하라 씨의 운전 부주의라고 무뚝뚝하게 보도한 후, 아나운서는 다음 뉴스로 넘어갔다.

납득이 가지 않았다.

이상하다. 아는 사람 중에 아시하라라는 이름은 없다. '캐리비안'이라는 가게에 간 적도 없다. 애당초 시나가와 역에는 내린 적조차 없다. 야마노테선線 전차를 탔을 때 창밖으로 하얀 프린스 호텔 건물을 곁눈질하며 지나친 게 고작이다.

그런데 아시하라 쇼지라는 사람은 왜 사토미를 보고 '저 여자다!' 라고 외쳤을까?

그 이유로 가장 설득력 있는, 그리고 안심할 수 있는 가설은 그저 사람을 잘못 봤다는 것이다. 아시하라는 사토미를 지인 중 누군가와 착각한 것이다.

하지만—.

분명 아시하라는 '겨우 찾았어!' 라고 했다. 그러니까, 그가 '찾았다!' 고 생각한 상대는 그때까지 그의 주위에 없었던 인물이라는 얘기이다. 그는 그 사람을 찾고 있었다. 아마도 상당히 열심히. 그렇지 않았으면, '찾았어!' 라는 말 따위를 외쳤을 리가 없다. 그 정도로 애타게 찾고 있던 사람의 얼굴을 쉽게 착각할 수 있을까?

머릿속이 마치 안개가 자욱하게 낀 듯 떠오르지 않는 뭔가로 가득하다. 사토미는 초조해졌다.

사람을 잘못 봐? 아니, 아니면 아시하라라는 사람은 정말로 내게 용건이 있었을지도 모른다. 나 스스로 깨닫지 못하는 사이에, 다른 사람이 '겨우 찾았어!' 라고 외칠 만한 일을 저질렀을지 모른다…….

그 외침에는 원한이 깃들어 있었다. '찾았어!' 하는 소리는 마치 승리의 함성처럼 들렸다.

무슨 일일까? 모르는 사이에, 내가 무슨 짓을 한 걸까. 창문으로 뭔가를 내던져서, 그것이 밑에 있던 사람에게 맞았다? 지각할 것 같아서 달려가다가 역 계단에서 누군가를 냅다 밀쳐 버렸다? 택시를 잡을 때 앞에서 손을 들고 있던 사람을 무시하고, 약삭빠르게 타 버려서 택시에 타지 못한 사람이 목숨이 걸린 정도의 중요한 모임에 늦어 버렸다?

'웃기지 말라 그래, 이 얼간이 같은 게.'

그렇게 거침없이 내뱉었지만, 나 역시 발칙한 얼간이였다면?

기세 좋게 스위치를 끄고, 텔레비전에 등을 돌린 사토미는 차가운 창유리에 머리를 갖다 댔다. 행동하려면 먼저 생각을 해야 해.

레스토랑 '캐리비안'은 시나가와 프린스 호텔의 대각선상에 있는 빌딩 이층에 있었다.

이 경우의 '있었다'는 사실을 단정하기 위한 '있었다'임과 동시에 과거형인 '있었다'이기도 하다. 분명히 과거에는 여기에 '캐리비안'이라는 레스토랑이 영업하고 있었다. 하지만 현재는 간판과 이층의 임대 계약만 그대로 해 둔 채 완전히 휴업중이다.

그것을 가르쳐 준 것은 빌딩에 파견되어 온 청소부 아줌마였다. 사토미가 이층에 올라가서 널빤지가 열십자로 못 박혀 있는 '캐리비안'의 문을 바라보고 있자니, 아줌마가 양동이와 자루걸레를 들고 다가왔다.

"십자포화를 맞았지." 아줌마가 말했다.

"네?"

"아시하라 씨가 당한 십자포화. 문을 막고 있는 널빤지는 그 상징."

사토미는 작은 체구의 아줌마를 유심히 바라보았다. 삼각건을 머리에 두르고 양손에는 걸레와 같은 색깔의 목장갑을 끼고 있다.

"남자는 대개 십자포화로 당하는 거야. 술과 노름. 술과 여자. 노름과 여자. 빚과 노름. 가끔, 마누라와 첩 같은 조합도 있지만. 어느 쪽이든 결국엔 전부 하나로 치환돼. 뿌리는 하나니까."

"뭘로 치환되나요?"

"꿈과 현실."

하드보일드 소설 같은 대사를 내뱉는 아줌마다.

"여기 사장이었던 아시하라 씨는 구체적으로 어떤 꿈과 현실의 십자포화에 맞았던 걸까요?"

아줌마는 흥, 하고 코로 숨을 뱉었다. "빚과 여자지."

사토미는 흥미가 생겼다.

"아줌마, 잠깐 얘기할 수 없을까요."

아줌마는 그럴 줄 알았다는 표정으로 말했다.

"당신, 담배 있어?"

아줌마의 말로는 '캐리비안'이 휴업 상태가 된 것은 석 달쯤 전의 일이라고 한다.

"그 직전에 은행에서 돈을 빌려 내장 공사를 했어. 돈이 엄청 들었지. 취향이 고상했거든, 아시하라라는 남자 말이야."

"그런데도 가게가 안됐던 건가요?"

"가게는 나름대로 순조로웠어. 그런데 내장 공사 업자에게 지불할 중요한 돈을 종업원이 들고 달아나 버렸지. 그 후부터 기울어지기 시작했어."

사토미와 아줌마는 일층과 이층 사이의 층계참에 걸터앉아 캔 커피를 마셨다. 아줌마는 마술사처럼 주머니에서 재떨이를 꺼내어 놓고 사토미가 준 캐스터 마일드를 피웠다.

"얼마 정도였어요?"

"소문으로는 천이백만이라던데."

'캐리비안'은 그리 큰 가게가 아니다. 고작해야 열 평 정도일 것이다. 그런 곳의 내장 공사 대금치고는 상당한 금액이라고 사토미는 생각했다.

"여기는 레스토랑을 하기에 자리가 좋지 않아. 아시하라 씨로서는 승부를 건 개장이었던 거야. 그 돈을 잃었으니 정말 곤란해졌지. 이런 장사는 대개 어디든 적자 경영이니까, 천이백만 정도의 손실은 치명적일 수밖에."

사토미는 층계참 창문에서 보이는 역 앞의 큰길로 눈길을 돌렸다.

"장소가 나쁘다니—여긴 역 앞인데요?"

"신주쿠나 시부야 근처와는 차원이 달라, 호텔 손님은 호텔 레스토랑에 가 버리니까. 애당초 이 주변에서 일하는 사람을 상대로 런치 서비스를 하는 정도로는 이익이 안 남아. 훨씬 이익이 되는 것은 뭐니뭐니해도 밤에 일부러 디너인지 뭔지를 먹으러 오는 손님이야. 그런 손님을 부르기 위해서는 뭐든 상관없으니까 인기 종목이 될 만한 것을 만들어서 잡지에라도 실어 줘야 하지."

아시하라 쇼지는 호화로운 개장으로 그런 것을 노렸던 모양이다.

"그런 돈에 손을 댈 수 있었던 걸 보면 도망간 종업원은 상당히 신뢰받았던 사람이었나 봐요."

사토미가 묻자 아줌마는 담배를 문 채 오른손 새끼손가락을 세웠다.

"그러니까, 이거였어. 그러니까 십자포화라는 말이지."

"아시하라 씨 애인?"

"그렇다니까. 딱 당신 정도의 나이에, 거리낌 없이 말을 내뱉는 여자애였지."

사토미는 가슴이 철렁했다. 아시하라 씨는 나를 그 여자로 착각한 걸까?

"아줌마, 그 여자랑 제가 닮았어요?"

아줌마는 몸을 뒤로 빼고 사토미를 관찰했다.

"나이는 비슷해 보이는데. 나한테는 요즘 이십대 여자들은 얼굴이 다 똑같아 보여. 개성이 없다니까."

"그 여자 이름, 기억하세요?"

아줌마는 고개를 가로저었다.

사토미는 계단에서 일어나 '캐리비안'의 폐쇄된 입구를 돌아다보았다.

"가게, 어떻게 될까요. 아시하라 씨 부부가 돌아가셨으니까, 이번에는 정말로 폐점이겠죠."

아줌마는 담배를 눌러 끄다가 손을 멈추었다.

"아시하라 씨가 죽었다고?"

"네. 어젯밤에 교통사고로. 전 그 사고의 목격자예요."

"당신은 근데 여기 뭐 하러 왔어? 외상판매 대금 지불 교섭이라도 하러 온 사람인가 했는데."

"밤샘이나 장례식 준비는 어떻게 되고 있을까요. 최소한 분향 정도는 하고 싶어서. 휴업중일 거라고는 생각하지 못했거든요. 여기에 오면 이런저런 이야기를 들을 수 있을 거라고 기대했는데."

"아시하라 씨, 언젠가 여기서 꼭 다시 가게를 할 거라고 임대료만은 어떻게든 꼬박꼬박 냈던 것 같지만 말야. 집은 나도 몰라. 당신이 목격자라면 경찰 쪽에 물어보면 되잖아. 문상을 하고 싶다고 하면 가르쳐 주지 않을까?"

사토미는 눈썹을 찡그렸다. "의심받고 싶지 않아서요."

"도대체 무슨 말이야? 의심받을 짓이라도 했어?"

사토미가 대답을 머뭇거리자, 아줌마는 큰 양동이를 들고 몸을 일으켰다.

"담배랑 커피 고마워. 자, 이제 이 기분 나쁜 빌딩을 청소하기로 할까."

5

경찰에서는 친절하게 아시하라 씨의 자택 주소와 장례식 날짜를 가르쳐 주었다. '친절하시네요'라는 말까지 해 주었다.

사토미는 다소 경계하고 있었다. 경찰에서는 그저 목격자가 그렇게까지 하는 것은 내심 이상하다고 생각할지도 모른다. 일단은 가만히 나를 자유롭게 풀어 두는지도—.

고별식은 다음 날로 장맛비가 부슬부슬 내리고 있었다. 사토미는 나프탈렌 냄새가 나는 상복을 몸에 걸치고 아시하라 씨의 자택으로 향했다.

자택은 히가시나카노부의 주택지 안에 있다. 붉은 서양 기와지붕이 비스듬히 기울어진 세련된 집이다.

참석자의 수는 많았다. 모두 우산을 받치고 있었으므로 모여들기가 어려워서, 한층 더 사람들이 많아 보였다. 사토미는 상당히 고생하면서 우산을 높이 들고 붐비는 사람들 속을 뚫고 접수대에 도착했다.

방명록에 이름을 남기려고 탁자 건너편에 있는 상복 입은 남성에게 눈인사를 하자, 상대가 '앗!' 하는 소리를 내었다. 그는 눈을 왕방울같이 뜨고 몸을 앞으로 내밀었다.

"미즈타 씨 아냐?"

사토미는 깜짝 놀라 뒷걸음질 쳤다. 제대로 얼굴을 살펴보더니 상대의 표정이 누그러졌다.

"아, 실례했습니다. 사람을 잘못 봤네요……."

미즈타 씨라. 사토미는 생각했다. 그리고 목소리를 살짝 낮추어 물었다.

"저, 지금 말씀하신 미즈타 씨는 '캐리비안'에서 일하던 분이십니까?"

접수대의 남성은 당황했는지 허둥지둥했다.

"네, 맞습니다. 많이 닮아서 그만 착각했습니다."

"당신도 '캐리비안' 분이세요?"

"네, 그랬습니다."

"미즈타 씨라면, 천이백만 엔을 들고 도망간 사람이지요?"

"어떻게—."

아십니까? 하고 묻기 전에 사토미는 돌아서서 사람들 속으로 섞여 들어갔다.

역시 그렇군.

아시하라 쇼지는 그날 밤 '캐리비안'의 돈을 들고 도망간 '미즈타'라는 전 애인과 사토미의 얼굴을 착각한 것이다. 저 여자야! 겨우 찾았어! 라는 소리의 의미를 이제 알았다.

그는 '미즈타'라는 여자를 찾고 있었을 것이다. 그래서 무의식중에 승리의 함성 같은 소리를 질렀고, 운전을 잘못할 정도로 흥분해 버렸다.

얄궂다고 생각했다. 하느님은 심술궂다고도 생각했다.

사토미는 제단에 올려진 영정에서 처음 아시하라 부부의 얼굴을 보았다.

닮은 부부다. 둘 다 선이 가는 느낌의 생김새로 콧날이 오똑했다. 영정 속의 아시하라 씨는 애스콧타이폭이 넓은 넥타이를 세련되게 매고 있었다. 사진 속의 부인은 기모노 차림이었는데 아주 아름다웠다.

우산을 때리는 빗소리가 점점 커졌다. 독경이 흐르는 가운데 사토미는 한숨을 쉬며 얼굴을 들어, 분향을 하고 나면 돌아가자고 생각했다. 목적은 달성했으니까.

그때, 단 쪽에 서 있던 구로사카 과장과 눈이 마주쳤다.

"깜짝 놀랐어."

"저도 마찬가지예요."

구로사카 과장은 아시하라 씨와 대학 시절 같은 동아리였다고 한다.

"좋은 녀석이었어. 졸업하고 나서도 가깝게 지냈지. 제일 마음이 맞는 친구였거든."

함께 버스정류장으로 향하며 사토미는 과장보다 조금 뒤에서 걸었다. 자신의 얼굴도 보여 주고 싶지 않았고 상대의 얼굴도 보고 싶지 않다.

"그 후에 시마카와가—." 과장은 젊은 경리과 직원의 이름을 들먹였다. "자네 아파트에 몇 번 전화한 것 같은데, 계속 안 받았다고 하더군."

무슨 전화가 와도 받고 싶은 기분이 아니어서 자동응답기로 돌려놓았던 것이다.

"회사, 어떻게 할 생각인가?"

과장은 조용히 물었다. 추궁하는 말투는 아니었다.

"그만두겠습니다." 사토미가 단호하게 대답했다, "그런 말을 하고 나서도 계속 일할 수 있을 정도로 뻔뻔하지는 않으니까요."

과장은 묵묵히 있었다. 대형 밴이 한 대, 두 사람의 우산을 스치듯 지나갔다.

엔진 소리가 멀어지기를 기다려 가까스로 입을 열었다.

"요전에는 나도 말이 지나쳤어."

과장은 툭 내뱉듯이 그렇게 말했다. 사토미는 고개를 끄덕였다.

그날은 더웠다. 사토미는 녹초가 되어 있었다. 은행을 돌아다니다가 문득 허무하다는 기분이 들었다.

이체나 환전. 유니폼을 입고 회사 서류가방을 들고 와 있지만, 하는 일은 초등학생이라도 할 수 있는 일뿐이다. 그저 단순한 심부름꾼이다. 그렇게 생각하고 있었다. 그런 생각은 그때 처음 한 것이 아니다.

나는 이제 곧 스물일곱 살이 된다. 심부름만 하면서 나이를 먹어 간다. 그런 생각에 더욱 지쳐 있었다. 그래서 과장의 말을 농담으로 되받아칠 수 없었다. 여유가 없었던 것이다.

"그렇게 발끈 화를 낸 것은 제 자신에게 문제가 있기 때문입니다. 반성하고 있습니다. 하지만—."

"하지만?"

"회사에는, 돌아갈 수 없습니다. 이미 그런 시기가 아니라는 것은 잘 알았습니다. 저…… 지금 같은 회사에서 그런 일을 하기에는 나이를 너무 먹었어요."

과장은 이해할 수 없다는 듯 얼굴을 찡그렸다.

"아직 젊잖아."

사토미는 웃었다. "개인적으로 마주하니까 젊다고 말해 주시네요. 여사원으로서는 이미 늙었다고 생각하시잖아요. 그렇죠? 알고 있어요."

결국 여성 일반직 따위는 그런 것이다. 젊음이 곧 최고의 능력이므로 그것을 잃는다면 탈락할 수밖에 없다.

"나는 자네의 어시스턴트 능력을 높게 평가하고 있는데."

사토미는 대답을 하지 않았다. 화가 난 것은 아니지만, 딱히 뭐라고 대답하면 좋을지 몰랐다.

"커피라도 마시고 가지 않겠나?"

찻집이 바로 옆에 있었다. 목이 좀 마르지만 사토미는 거절했다.

"그래……."

과장은 아주 솔직하게 아쉬운 얼굴을 했다.

"이제 더 이상 안되는 걸까, 우린."

사토미는 이상한 기분이 들었다. 사토미가 과장의 연인이나 애인인 듯한 말투를 쓴다.

"이상한 말을 한다고 생각할지 모르겠지만—. 괴로워서 말이지. 이대로 회사에 돌아가도 오늘은 일을 할 수 없을 거야. 나가사키와는 이야기가 통할 것 같은 기분이 들어. 내 친구의 임종에 마침 거기 있었다는 게 특별한 인연 같기도 하고."

"우연이에요."

과장은 한숨을 내쉬었다. 일 때문에 쉬는 한숨과는 다르구나, 하고 사토미는 느꼈다.

"아시하라는 좋은 친구였어. 그가 그렇게 죽다니 믿어지지 않아. 만일 죽는다고 해도 더 편안하게—안온한 죽음을 택할 거라고 생각했어."

그 말투가 사토미 마음에 걸렸다.

"이상하네요. 그 말씀은 마치 아시하라 씨 부부가 자살했다는 것처럼 들리는걸요."

과장은 진지한 얼굴로 사토미를 보았다.

"나는 그렇게 생각하는데."

빗속을 걸어서 몸이 차가워졌으므로 따뜻한 커피가 고마웠다.

"아시하라 녀석, 사업에도 실패해서 말이지."

"알고 있어요. '캐리비안' 이죠."

사토미는 청소부 아줌마에게 들은 사정을 설명했다. 과장은 고개를 끄덕이면서 들었다.

"마지막으로 아시하라와 만난 것은—이 주 정도 전이었나. '캐리비안'은 그때도 휴업 상태로 뭘 어떻게 할 수 없는 상태였어."

과장은 커피를 천천히 홀짝였다.

"나도 어떻게 해 줄 수 없을까 아주 노력했지. 은행이나 신용 금고 같은 곳도 몇 군데나 소개해 줬고. 하지만 '캐리비안'이 쓰러진 사정이 사정이라서. 인상이 나빠서 그런지 어디에서도 융자를 따 내지 못했어."

"돈을 들고 도망간 것이 아시하라 씨의 애인이라서요?"

"그것까지 알고 있어?"

"네. 미즈타라는 여자라던데, 저와 닮았나 봐요."

과장은 처음 들었다는 듯이 사토미의 얼굴을 쳐다보았다.

"맞아, 맞아……. 아시하라도 그렇게 말했어."

그와 마지막으로 만났을 때 과장은 봄에 간 사내 여행의 기념사진을 우연히 갖고 있었다고 한다. 아시하라 씨에게도 그것을 보여 주었다.

"그 녀석, 놀라더군. 잘 보면 다른 사람이라고 알겠지만, 얼핏 봐서는 미즈타라는 여자와 체격이랑 얼굴 윤곽 같은 게 쏙 빼닮았다고 했어."

"저 같은 얼굴은 흔해요. 저 이런 말 자주 듣거든요. '어머, 내 초등학교 동급생이랑 꼭 닮았네' 같은."

"그런가." 과장은 희미하게 웃었다.

"애인이 있다고 하니까 경박한 남자처럼 보일지도 모르지. 하지만 아시하라는 성실한 인간이야. 미즈타라는 여자 일은 마가 낀 거라 생각해."

사토미는 커피를 휘휘 젓고 있었다.

"아시하라의 부인, 당뇨병이 심했어."

그렇게 말하고 시선을 들었다.

"이삼 년 전부터 거의 누웠다 일어났다 하는 생활이었지. 원래도 활발한 성격은 아닌데다 발병하고부터는 집에 틀어박혔어. 가벼운 신경증이기도 했고. 아이라도 있었으면 좀 달랐겠지만."

"자녀 분은 없었나요?"

"응."

사토미는 그 의미를 생각해 보았다.

부부가 단 둘. 아내는 병을 앓으며 집에 틀어박혀 생활하고 있다. 그런 와중에 남편이 그만 젊은 여자에게 빠졌고, 그 결과 가게가 기울어지게 되었다―.

"천성이 성실한 남자였기 때문에 '캐리비안'이 기울었을 때부터 자칫하면 위험한 거 아닌가 생각했어. '마누라를 배신한 벌이 내린 거야'라는 소리를 했을 정도였으니까."

"그래서, 자살이 아닐까 생각하셨군요."

과장은 크게 고개를 끄덕였다.

"사고가 나던 날 밤은 몇 년 만에 부인과 둘이서 보소까지 드라이브 갔다가 돌아오던 길이었다고 하더군. 즐거운 추억을 만들고, 그러고는—이라는 생각이 들어서 견딜 수가 없어. 부인도 승낙한 게 아닐까. 그녀를 태우고 있을 때 아시하라는 언제나 매우 신중하게 운전한다고 했어. 핸들을 잘못 꺾어서 둑에 부딪치다니 있을 수 없어. 동반자살이야, 분명히."

사토미의 눈에 충돌하기 직전 차가 왼쪽으로 핸들을 꺾을 때의 광경이 되살아났다. 그것은 막판에 아시하라가 부인만은 구하려고 한 일이었을지도 모른다—.

그곳에 '미즈타'라는 여자를 꼭 닮은 내가 있었던 것은 완전히 우연일까.

'저 여자야! 겨우 찾았어!'

6

아파트에 돌아오니 부재중 전화 램프가 요란하게 깜빡이고 있다. 사토미는 녹음된 메시지를 들었다. 메시지가 끝나갈 무렵, 또 한 통의 전화가 걸려 왔다. 경리과의 시마카와였다.

"아아, 다행이다, 겨우 받으셨네요."

응답기로 돌려놓은 것을 진즉에 눈치 챈 듯하다.

"미안."

"기운은 좀 나셨어요? 오늘 과장님에게 이야기 들었습니다. 교통사고에 휘말렸다고 하시던데. 돌아가신 분이 과장님과 친구였다고."

"응, 그래."

한 차례 사건 이야기를 하고 나서, 시마카와는 목소리를 낮추었다.

"저, 나가사키 씨. 이상한 말을 한다고 생각하지 말아 주세요."

"응?"

"회사 근처에서 돌아가신 아시하라라는 사람을 본 적이 있어요. 과장님 이야기를 듣고 어제 석간에 나온 기사를 다시 읽고 나서 알아냈어요. 얼굴 사진도 나와 있었거든요."

〈부부 추돌사〉라는 제목으로 어제 석간에 2단 정도의 기사가 났던 것이다.

"아시하라 씨를 봤다고? 언제?"

"지난줍니다. 점심시간에 함께 정식 먹으러 갔잖아요? 그때 정문 현관의 정원수 그늘에 서 있었어요. 틀림없습니다. 그 사람이에요."

"과장을 만나러 왔나 보지."

그렇다면 엇갈린 모양이다. 구로사카 과장은 이 주 전에 만난 것이 마지막이라고 했으니까.

시마카와는 부정했다. "아뇨. 그때, 아시하라 씨는 나가사키 씨를 보고 있었어요. 물끄러미 쳐다보고 있더군요. 그 모습이 좀 이상해서 기억하고 있습니다."

그날 밤 사토미는 구로사카 과장이 아시하라에게 보여 주었다는 사진을 꺼내어 다시 한번 보았다.

사월 말 시모다로 간 사원 여행의 기념사진이다. 사토미가 맨 뒷줄에서 태평하게 이를 보이며 웃는 장면이 찍혀 있다.

지금과 다른 것은 머리 모양뿐이다. 대담하다 싶을 만큼 짧은 커트로 귀가 다 드러나 있다. 이른바 세실 커트에 가깝다. 지금은 좀더 길어서 아주 얌전한 보통 커트 머리로 돌아왔다.

문득 깨달았다.

아시하라는 이 사진을 보고 '닮았다'고 했다. 보통은 거의 보기 힘든 머리 모양을 한 사토미를 보고 '미즈타'라는 여자와 쏙 빼닮았다고 했다.

'미즈타'라는 여자도 이런 머리 모양을 하고 있었던 걸까?

닮았다, 닮지 않았다는 인상은 개개의 이목구비가 이러니저러니 하는 부분에서 생기는 것이 아니다. 문제는 전체의 분위기다. 청소부 아줌마가 '요즘 젊은 여자애들은 얼굴이 다 똑같아 보여'라고 한 것도 말 그대로의 의미가 아니라, 여자들이 모두 비슷한 긴 머리에 비슷한 파마를 하고 비슷한 옷을 입고 있기 때문이다.

머리 모양이 대담해지면 옷차림까지 점점 바뀐다. 그런 극단적인 커트에는 점잖은 옷은 어울리지 않았다. 그래서 사토미는 화려한 운동복을 입고 사원 여행을 갔다. 사진에도 그 모습이 찍혀 있다.

사토미는 벌떡 일어났다.

그 커트는 한때 여성 주간지에서 호들갑을 떨었던 유명한 미용실의 오리지널 커트다. 다른 미용실에서는 하지 않는다.

'미즈타'라는 여자도 그 가게에 갔을지 모른다. 가능성은 있다. 그렇다면—.

접수에서 샴푸와 드라이를 부탁하고, 직원이 '성함이 어떻게 되세요? 전에도 오신 적이 있으신가요?'라고 했을 때, 사토미는 주저 없이 '미즈타입니다'라고 대답했다. '워터의 미즈水에, 밭의 타田'

점원은 고객 카드를 체크하기 시작했다. 사토미는 손바닥에 땀이 났다.

점원의 손이 멈춘다. 웃는 얼굴이 되었다.

"네, 미즈타 님 맞네요. 작년 여름부터 몇 번 커트를 하셨네요. 언제나 '뉴 세실'로."

"네, 맞아요."

역시 그랬구나!

"오늘 커트는 어떻게 하실 건가요?"

"아뇨, 오늘 커트는 안 할게요. 저……."

"네?"

"제가 가장 최근에 온 게 언제였죠?"

점원은 카드를 보고, "지난달이네요. 5월 16일이에요."

삼 개월 전 사건보다 나중이다! 그녀는 돈을 들고 도망간 후에도 미용실은 바꾸지 않았다.

"그 후 바로 이사했어요. 그래서 분명히 이쪽 카드에 전 주소를 쓴 것 같은데."

"어머, 그러세요? 한 번 변경을 하셨는데요."

"네? 변경? 언제 했죠?"

"저번에 오셨을 때요. 여기 보세요."

사토미는 점원이 보여 준 카드의 주소란에 기입되어 있는 주소를 머릿속 깊이 새기고 가게를 뛰쳐나왔다.

큰돈을 가지고 달아났다고 해도 결국은 보통 여자다. '캐리비안'과

아시하라 앞에서는 자취를 감추었으면서 단골 미용실 카드에는 정말이지 정직하게 새 주소를 기입해 놓았다.

사토미는 무섭지 않다고 생각했다. 기껏해야 여자잖아. 그것도 나와 동년배. 만나서 한마디 해 주고 싶다. '캐리비안'의 종업원들도 그녀와 만나고 싶어 할 것이다.

그녀의 집은 에도가와 구 고마츠가와에 있는, 흰 타일을 바른 맨션이었다. 신축인 듯 입구도 호화로웠다. 문을 밀고 로비로 들어가니 정면에 우편함이 있고, '805호실' 함에 '미즈타'라는 이름이 붙어 있다.

사토미가 호흡을 가다듬고 있자 등 뒤에서 목소리가 들려왔다. 관리인이었다.

"어느 분을 찾아오셨습니까?"

"805호 미즈타 씨입니다만."

대답한 순간 관리인이 얼굴을 찌푸렸다.

"당신, 아는 사람?"

"네에……." 사토미는 순간적인 임기응변으로 대답했다. "사촌동생이에요."

관리인은 사토미를 관찰했다. "그러고 보니 얼굴이 닮았네. 아, 다행입니다."

"무슨 일 있어요?"

"미즈타 씨 벌써 반년 정도 계속 부재중입니다. 방문 판매로 산 물품 같은 걸 모두 저희 집에 보관하고 있어요. 대금 상환이라던데 난처합니다."

사토미는 낙담했다. 그녀는 여기서도 벌써 도망쳐 버렸나. 그 정도로 바보는 아니었나.

"집세는요?"

관리인은 웃었다. "여기는 분양입니다. 뭐, 미즈타 씨가 어떻게 집을 샀는지는 모르겠지만."

멸시하는 웃음이었다.

사토미는 큰맘 먹고 말했다. "안에 들어가 보고 싶은데 문 좀 열어주시겠어요? 같이 들어가 주시면 더 고맙겠는데. 집에서도 연락이 되지 않아 모두 걱정하고 있어요."

관리인은 승낙했다. 805호의 문이 열리고 지저분하게 어질러진 방안에 발을 들여놓았을 때, 사토미는 부엌 탁자 위에서 정중한 글씨로 자신에게 쓴 편지를 발견했다.

보낸 사람은 아시하라 쇼지였다.

〈나가사키 사토미 씨

이 편지를 발견해 주셔서 감사합니다. 당신이라면 틀림없이 해 주실 거라고 믿었습니다.

제 일은 이미 알고 계시겠지요. 편지를 읽고 계실 때 이미 저는 이세상에 없을 것입니다.

이곳의 소유주 미즈타 레이코는 과거 제 애인이었던 여자입니다. 그녀는 저에게서 천이백만 엔을 가지고 달아나, 그 돈을 밑천으로 이집을 샀습니다. 그렇다고는 해도 계약금 남은 것과 매달 내는 돈은 다른 남자에게서 우려낸 것 같지만요. 그녀는 그런 여자였습니다.

그녀가 제게서 도망치자 먼저 경찰에 신고했습니다. 하지만 경찰은 상대해 주지 않았습니다. 레이코는 경찰에게, 자기가 돈을 갖고 달아난 게 아니라 저에게 위자료를 받았다고 말했기 때문입니다. 그렇게 되면 더 이상 손을 쓸 수 없습니다.

그녀는 처음부터 그런 계획을 세웠겠지요. 경찰이 손을 떼자 그녀는 제 레스토랑에서 일하던 무렵에 살던 맨션을 떠나 이곳으로 이사했습니다. 물론 그때 저는 그녀가 어디로 도망갔는지 몰랐습니다. 이삿짐 회사를 여기저기 돌아다녀 겨우 이곳을 밝혀 낸 것은 오월 말입니다.

저는 그녀와 만나, 당연하지만 말다툼을 벌였습니다. 격렬한 말다툼을.

그러다가 저는 그녀를 목 졸라 죽였습니다.

시체는 멀리 떨어진 산속에 묻었습니다. 그곳의 지도를 동봉하겠습니다. 나중에 경찰에게 건네주십시오.

엄청난 일을 저질렀다는 것은 알고 있었습니다. 하지만 저는 입을 다물었습니다. 그녀의 새 남자는 제 존재를 모를 것이고, 따로 친한 친구가 있을 리도 없습니다. 레이코는 그냥 그대로 수많은 행방불명자들 속에 묻혀 버릴 거라 생각했습니다.

하지만 아내는 눈치를 챘습니다. 제가 레이코를 죽인 사실을요.

그녀는 민감한 사람입니다. 아마 제 태도에서 미묘한 변화를 감지했겠지요.

그녀가 캐물을 때마다 저는 부정했습니다. 끝까지 부정했습니다. 그렇지만 아내는 제 거짓말을 꿰뚫어본 것 같습니다. 다만, 저를 가엾

게 여겼는지 속은 척하고 있었습니다.

그리고 툭 하면 '죽고 싶어'라는 말을 내뱉었습니다.

서도 그게 가장 좋다고 생각했습니다. '캐리비안'도 망했고, 제게 는 이미 살 목적이 없었습니다.

다만, 마지막까지 아내에게 거짓말을 하고 싶었습니다. 그것만 절실히 바랐습니다. 나는 레이코를 죽이지 않았다. 레이코는 살아 있다. 그리고 나는 그녀를 찾고 싶어 한다. 그런 상황에서 죽는다는 연기를 끝까지 계속하고 싶었습니다. 아내도 실은 제가 진상을 말하지 않고 가만히 있기를 바랐을 거라고 생각합니다.

그럴 때 당신의 사진을 보았습니다. 당신의 상사인 구로사카가 보여 주었습니다.

당신은 레이코와 많이 닮았습니다. 물론 성품은 다를 겁니다. 하지만 외모는 닮았습니다. 거기서 저는 어떤 의미를 느꼈습니다.

길에서 우연히 당신과 만난 척하고, 그때 '아, 레이코다! 겨우 찾았어!' 하고 외친다. 그 말을 아내에게 들려준 후 마지막으로 멋진 연기를 하며 죽는다. 저는 그 계획을 다듬기 시작했습니다.

그렇게 하는 것이 가장 좋다고 생각했습니다.

당신을 이런 일에 휘말리게 한 것은 정말로 죄송하게 생각합니다. 구로사카는 당신을 이렇게 말하더군요.

"머리가 기민하고 빠릿빠릿하게 일하는 여자야. 남자였으면 유능한 부하로 키웠을 텐데."

저는 그의 사고방식이 낡았다고 했습니다. 여자도 능력만 있으면 계속 성장할 수 있다고 했습니다.

당신이라면 제 연기에 끌어들여도 괜찮다, 분명히 해 줄 것이다, 마지막을 매듭지어 줄 것이라고 생각했습니다.

계획상으로는 일요일에 둑에서 조깅하는 당신과 우연히 마주치기로 되어 있었습니다. 충돌 사고라면 순간의 일이니까 아내도 고통받지 않겠지요.

어떤 우연의 장난으로 다른 기회에 만나더라도, 그것은 운명일 겁니다. 결과도 변하지 않을 거라 생각합니다. 그리고 저희들의 죽음을, 죽을 당시에 내던진 말을 분명 당신은 수상하게 여길 겁니다. 조사해 주시겠지요. 그것을 기대하고 이 편지를 썼습니다.

계획의 실행을 위해 당신의 생활을 조금 관찰해 보았습니다. 그 점도 깊이 사과드립니다. 죄송합니다.

그리고, 정말로, 정말로 감사합니다. 구로사카에게도 안부 전해 주십시오.〉

사토미는 편지를 다 읽고 손으로 얼굴을 감쌌다.

그날 밤, 둑 아랫길에서 아시하라 부부의 차와 스쳐지나간 것은 우연이었다. 계획과 어긋난 돌발적 상황이었다. 아시하라의 계획은 다른 때를 위해 준비했던 것이다.

그 순간의 우연을 아시하라는 착실히 이용했다. 심야라면 주위에 사람도 없으니까 실행하기도 쉽다. 그만큼 사토미도 위험한 일을 당하지 않고 끝난다고 판단했을지도 모른다.

또 하나 작게 어긋난 것은 아시하라가 마지막에 부인만은 구해 보려고 핸들을 꺾은 것이다. 그렇게 한 보람은 없었지만.

"아가씨, 무슨 일입니까? 괜찮아요?"

관리인이 말을 걸어 왔다. 사토미는 그를 보며 웃었다.

"죄송해요, 괜찮아요. 전화는 어딨죠?"

"여기 있습니다. 어떻게 하실 겁니까?"

"110번에 걸어야죠."

수화기를 손에 들고 버튼을 누른다. 살아 있는 동안에는 두 번 다시 걸고 싶지 않은 전화를 걸면서, 사토미는 창문 너머로 눈 밑의 경치를 바라보았다.

스산한 거리에 유월의 비가 계속해서 내리고 있다.

나는 운이 없어

아무리 전화를 해도 받지 않는다.

나는 어쩌면 이렇게도 불쌍한 녀석인지—하고 생각하면서 바닥에 책상다리를 하고 앉아 비틀즈의 〈노 리플라이〉를 듣고 있자니 현관 벨이 울렸다.

아무도 만나고 싶지 않아, 나도 노 리플라이다. 그런 식으로 혼잣말을 하며 무시하는데도 벨은 끈질기게 계속 울린다. 순간 나란 놈은 정말 바보구나 하는 생각이 들었다. 그녀가 왔을지도 모르잖아!

삼단뛰기로 복도를 달려가서 문을 열었다. 하지만 눈앞에 서 있는 것은 그녀가 아니다.

"뭐야⋯⋯. 이쓰미 누나구나."

"뭐야, 는 인사로 받아들일게." 누나가 말했다. "그건 그렇고 유우, 너 표정이 시무룩하다."

"누나야말로."

정말 그랬다. 언제나 신선한 복숭아 빛을 띠고 있던 누나의 볼은 완전히 빛이 바래 있다. 눈도 조금 충혈된 것을 보니 어제 밤을 샜는지도 모른다.

"들어가도 돼?" 누나는 매우 지친 목소리로 말했다. 나는 문을 활짝 열고 누나가 구두를 벗는 것을 지켜보았다.

몹시 초췌한 모습이기는 해도 누나는 미인으로 보였다. 옷차림도 신경을 쓰고 있다. 풀색 바탕에 하얀 물방울무늬 미니 플레어스커트.

비슷한 색깔의 민무늬 재킷에 액세서리는 하얀 귀걸이뿐. 하이힐도 흰색이다. 슬쩍 엿본 손목시계의 검은 가죽 밴드로 살짝 악센트를 주었다.

미리 말해 두지만, 나는 여성의 패션 센스에 까다로운 남자를 좋아하지 않는다. 그런 남자가 되고 싶다고도 생각하지 않는다. 다만 지금 나는 태어나서 처음으로 생긴 여자친구에게 푹 빠져 있어서—부끄럽다느니 꼴사납다느니 생각할 경황도 없어요, 정말이라니까—적어도 그녀가 차려입고 외출했다 돌아왔을 때는, '아, 멋을 부렸구나' 하고 알아 줄 수 있을 만큼 패션 감각을 키워 놓고 싶었기 때문에 친척 중에 가장 가까운 여자인 이쓰미 누나가 입고 있는 옷에도 자연히 관심을 갖게 되었다.

그렇다고 해도 나와 내 여자친구는 현재 고교 일학년. 그래서 직장인 경력 사 년차인 이쓰미 누나가 차례차례 보여 주는 패션과는 유감스럽게도 아직 인연이 없다. 나도 고급 부티크에서 물건을 훔쳐서까지 그녀를 치장해 주고 싶은 생각은 없고.

나는 현재 방과 후와 토요일 오후에 신주쿠의 어느 중고차 가게에서 세차와 청소 아르바이트를 하고 있다. 경영자는 배포가 크고 마음씨 좋은 사람으로, 나를 마음에 들어 했고 급여도 제법 좋다. 그래도 그런 비싼 물건을 살 수 있을 정도는 아니다.

그렇기 때문에 머리를 짜내어 그녀의 생일 선물을 준비했는데, 하필이면 생일 전날에—어제지만—교제하고 나서 처음으로 크게 싸웠다. 정말이지 나는 때를 못 맞추는 남자다.

그런 사정으로 나는 오늘 아침부터 여자친구에게 몇 번이고 전화를 걸었다. 하지만 받지 않는다. 아무도 응답해 주지 않는다. 가족끼리 외출했을 것이다. 그녀는 외동딸이니까 부모님이 생일 기념으로 어딘가에 데려갔을지도 모른다. 아직 오전이지만 전화를 받지 않는 이유는 그 정도밖에 떠오르지 않았다.

점심 무렵에는 돌아올지도 모른다.

그래서 나는 계속 전화를 걸고 있다. 재발신 기능을 써서 걸면 왠지 성의가 없다는 기분이 들어, 숫자 여덟 개를 일일이 꾹꾹 눌러 삼 분 정도의 간격으로 계속 걸었다.

그러던 참에 이쓰미 누나가 찾아왔다. 나처럼 맥 빠진 얼굴을 하고 있다……

"작은아버지랑 작은어머니는?"

소파에 털썩 걸터앉더니 누나가 물었다. 누나라고 부르고는 있지만 실제로 우리는 사촌간이다. 아버지들이 형제간이고 집도 가깝다. 누나는 외동딸, 나도 외동아들. 나이는 조금 차이가 나지만 자연스럽게 남매처럼 되어 계속 가깝게 왕래하고 있다.

우리 부모도 누나를 딸처럼 여기는 것 같고, 누나의 부모님, 즉 큰아버지 큰어머니도 나를 맏아들처럼 소중히 대해 주신다.

뭐야, 아버지와 어머니에게 볼일이 있었군. 나는 대답했다. "미안, 안 계셔. 두 분 외출하셨어."

얌전하게 무릎에 손을 올린 누나는 뻣뻣하게 굳어져 버렸다. 얼굴만 들고 나를 쳐다보는 눈빛이 진지했다.

"몇 시쯤에 돌아오시니?"

"내일까지는 안 오셔. 하룻밤 자고 오시거든."

오늘은 일요일, 내일은 공휴일. 연휴를 이용해서 회사 휴양지에 간 것이다.

그러자 누나가 긴장했다. 슬쩍 콕 찌르면 그대로 옆으로 쿵 하고 쓰러질 것 같았다.

"무슨 일 있어?"

잠시 대답도 없이 가만히 고개 숙인 누나는 느닷없이 손을 뻗어 소파 옆에 있는 미니 콤포넌트의 스위치를 껐다. 비틀즈가 사라졌다.

"음악 따위 들을 기분이 아니야."

그러고는 천천히 한숨을 쉬며 머리를 감싸 쥐었다. 긴 머리카락이 어깨로 사라락 흩어져 내린다.

"어떻게 하지……. 이제 다 끝났어……."

우두커니 서 있던 나는 양손을 어떻게 해야 할지 몰라 머리만 북북 긁었다. 그러다 결국은 '무슨 일이야' 하고 다시 한번 물을 수밖에 없었다. 다만 아까보다는 진지한 말투로.

얼굴을 감싼 손 사이로 누나는 가냘픈 소리를 냈다. "내 미래가 걸려 있어."

"누나의 미래?"

그렇다고 하면 생각할 수 있는 것은 한정되어 있다. "사코타 씨가 뭐라고 했어? 싸웠어?"

사코타 요이치란 이쓰미 누나의 남자친구 이름이다. 나도 몇 번 만난 적이 있다. 그때마다 얻어먹었다. 서른네 살. 고학력, 고수입, 스포츠 만능, 대학에서는 요트부에서 활동, 잘생기고 키도 크고, 상대가 어색해하지 않도록 살갑게 대화를 잘하는 사람으로, 묘한 콤플렉스

따위는 전혀 없다. 자유롭고 교양 있고 운전도 잘한다. 나는 그 사람이 정말 싫었다.

두 사람은 사내 연애인데, 사코타 씨는 누나가 근무하는 직장의 모회사에서 파견된 사원이다. 때문에 동료들이 보면 누나는 굉장한 〈꽃가마〉를 탄 셈이다.

그래도 나는 좋지 않았다. 그래서 시원스레 말해 주었다. "괜찮아. 그 사람 아니라도 좋은 남자는 엄청 많으니까."

누나는 정색을 하며 얼굴을 들었다. "너, 내 입장에서 생각해 봐. 지금 말한 대사가 얼마나 잔혹한지 가슴에 손을 얹고 생각해 보란 말이야."

나는 즉시 반성했다. 어제의 다툼 이후 세상이 끝나 버린 듯한 기분이 들었기 때문이다. 누나도 같은 기분일 것이다.

"미안."

누나는 깊은 한숨을 쉬고, "커피라도 끓여 주지 않을래?"

"원두커피가 좋아? 인스턴트가 좋아?"

"어느 쪽이든 상관없어. 유우가 끓이면 다 똑같은걸."

그런 주제에 자기는 커피콩을 간 적조차 없다. 그이가 나보다 훨씬 맛있게 끓이니까, 라고 한다.

'매일 아침 네게 모닝커피를 끓여 주고 싶어'라는 말이 사코타 씨의 프러포즈였다고 한다. 누나는 다음 달 회사를 그만둘 예정이니까, 그렇게 되면 매일 아침 아홉 시 전에 일어날 일은 없을 것이다. 결혼 후에도 그럴 것이다. 사코타 씨는 회사에서 집으로 커피를 배달해야 한다.

나와 누나는 인스턴트커피를 홀짝이면서 잠시 동안 묵묵히 앉아 있었다. 누나는 왔을 때보다 얼굴색이 더 파리해졌다. 미간에 주름을 한 줄 잡고 식탁보를 째려보고 있다. 뭔가 필사적으로 생각하고 있는 모양이다.

"저기, 유우."

"왜."

"너, 돈 있어?"

"조금이라면."

"조금은 필요 없어."

"얼마나 필요한데?"

"오십만 엔."

나는 묵묵히 컵을 놓았다. 누나도 똑같이 하고 다시 양손으로 얼굴을 감쌌다.

그때 나는 겨우 알아차렸다. 오늘 이쓰미 누나에게 무언가 딱 하나가 빠져 있다는 것을.

왼손 약지에 반지가 없다. 백금 밴드에 커다란 브릴리언트 컷 다이아몬드. 지난주 약혼 예물을 교환할 때 사코타 씨로부터 선물받은 약혼반지.

"누나, 반지를 안 꼈네."

누나는 신음했다. "어떻게 하면 좋을지 모르겠어. 죽고 싶어. 유우, 도와줘."

나도 한숨을 한번 쉬고 나서 진지한 상담 상대가 되기 위해 자세를 바르게 고쳐 앉았다. 시각은 오전 열한 시 삼십오 분. 죽고 싶다고 하기에는 아직 이르다.

2

소중한 반지를 빚 대신에 뺏겨 버렸다─고 한다.

"회사 선배인데 너무해. 가져가려면 다른 것도 있잖아. 게다가 나를 속이고 방심하고 있을 때 불시에 뺏어 가더라구."

어제 오후 퇴근길에 찻집에서 차를 마시다가,

'멋진 반지네. 좀 보여 주지 않을래?' 하고 말하기에 반지를 빼서 보여 줬더니 그대로 집어 들고는,

'네게 빌려 준 돈, 기한이 벌써 지났는데도 무책임하게 변명만 하면서 갚지 않았지? 이건 담보로 받아 둘게' 하고 내뱉은 후 반지를 갖고 가 버렸다고 했다.

"그 사람, 그게 약혼반지라는 건 알지?"

"물론이야. 왜냐하면 그 이야기를 하면서 반지를 보여 줬으니까."

"그 선배, 여자?"

"이렇게 심술궂은 짓을 하는 건 항상 여자야. 유우도 잘 알아 둬. 여자란 잔인하다는 걸."

나는 누나의 얼굴을 쳐다보았다. 심술궂은 짓을 당하는 사람은 어느 정도 그것을 도발하는 면이 있기 때문이라 생각한다. 하지만 뭐, 입 밖에 내지는 않았다.

"그럼 돈을 갚으면 반지를 돌려주는 거지?"

"응."

"그게 오십만 엔이고."

"원금이 그렇고, 이자도 줘야 해." 누나는 겸연쩍다는 표정을 지었다. "이자는 내가 어떻게든 마련할 수 있어. 그래서 원금 정도만 빌리고 싶었는데. 무슨 일이 있어도 오늘 반지가 필요해."

오늘 저녁, 지방에 계시는 사코타 씨의 은사가 상경하셔서 식사 약속을 해 놓았다고 한다.

그 자리에 반지를 끼지 않고 나갈 수는 없다.

나는 무심코 누나의 멋진 엉덩이 쪽을 슬쩍 봐 버렸다. 음흉한 의도로 본 것은 아니다. 불이 붙지 않았는지 확인하기 위해서였다.

"그이를 아주 귀여워해 주신 선생님이래. 소홀히 대접할 순 없어. 꾀병을 핑계로 약속을 취소하기는 절대로 싫고. 게다가 오늘 그이는 접대 골프 때문에 낮에는 연락이 안 돼. 연락이 된다고 해도 면목이 없어서 의논할 수도 없어."

지당하신 말씀이다.

"오십만 정도 저축한 거 없어?"

누나는 샐쭉해졌다. "내가 돈이 있었으면 부탁하러 오지도 않아. 아니 그랬으면 처음부터 빚 따위 지지도 않았을 거야."

"그건 그렇지."

이쓰미 누나의 결점—바로 잡지 않고 그대로 두면 곤란한 결점은 낭비벽이다. 아무튼 씀씀이가 헤프다.

옷, 오락, 장식품 그리고 여행. 본인은 모두 '자기 투자야'라고 둘러대지만 평소에 별로 엄격하지 않은 우리 어머니조차,

"이쓰미는 참는 걸 좀 배워야 해"라고 한 적이 있을 정도였다.

그렇다고는 해도 나는 선심 잘 쓰는 누나에게 대단히 신세를 지고 있다. 그래서 그렇게 딱 잘라 비난할 수만은 없었다.

"큰아버지께 부탁하면 어떨까? 사정을 말하면 분명 도와주실 거야."

나의 큰아버지, 그러니까 누나의 아버지는 여러 지점에서 목재상을 경영하는 사장님이다. 그러니 오십만 엔 정도는 훗 하고 숨을 내쉬듯 간단히 움직일 수 있을 것이다.

누나는 떫은 표정으로 고개를 가로저었다. "안 돼. 어림도 없어."

분명히 큰아버지는 돈에 엄격한 사람이다. 학생 때 누나는 용돈기입장을 써야 했고, 매달 한 번씩 점검을 받아서 합격하지 못하면 다음 달 용돈은 없었다.

예전에 우리 아버지가, "이상하네, 어째서 형 같은 사람한테 이쓰미 같은 딸이 태어났을까?" 하고 놀렸을 때 큰아버지는,

"낳은 것은 마누라야" 하고 무뚝뚝한 얼굴로 대답했다. 그만큼 부녀간의 금전 감각은 어긋나 있다.

하지만 아무리 그런 사람이라도 아버지는 아버지다. 딸의 중대사가 걸린 문제라면 틀림없이 돈을 빌려 줄 것이다.

"머리를 숙이고 부탁해 봐. 필요한데 이것저것 따질 상황이 아니잖아."

누나는 아무 말이 없었다. 왠지 아주 불길한 예감이 들기 시작했다.

"있잖아."

"―왜?"

"도대체 어쩌다가 그렇게 빚을 졌어? 뭐하는 데 쓴 거야?"

누나는 에헤헤 하고 웃는다. "옷—."

"오십만 엔이나?"

"응. 비싼 옷이라서."

이쓰미 누나라면 그럴 수 있다. 그래도 이번의 오십만은 다르다. 오랫동안 누나를 보아 왔기 때문에 나는 누나의 거짓말에는 민감하다.

"사실대로 말해 주지 않으면 협력할 수 없어."

이 한마디가 먹혔는지 누나는 자백했다.

"저기, 사실은 경마……."

나는 천장을 우러러보았다. 누나는 허둥지둥 이어 말했다.

"처음엔 벌었어. 엄청 벌었다구! 거짓말이 아냐, 잘 맞았어, 깜짝 놀랄 정도로—."

"그런 걸 비기너스 럭beginner's luck이라고 하는 거야." 나는 기가 막혀서 화낼 기운도 없었다. 사촌형이라면 그래도 이해한다. 하지만 사촌 누나다. 꽃다운 스물네 살 아가씨가 하필이면 경마 빚이라니!

게다가 더 나쁜 사실을 깨달았다. 누나가 그런 놀이를 혼자 할 리가 없다—는 것에.

"경마장엔 누구랑 갔어?"

"응?"

"시치미 뗄 때가 아니야. 사코타 씨랑 갔어? 아니지?"

그 녀석이라면 누나 돈으로 마권을 사게 했을 리가 없다.

"중학교 때 동급생이랑 동창회에서 만났는데, 그러다……."

"그 녀석하고 갔어?"

"응. 재미있으니까 데려가 주겠다고 해서……."

"언제?"

"요즘 경마장 정말 세련됐어. 트윙클 레이스야간 경마 같은 건 로맨틱하고, 말도 예쁘고 멋지고……."

"언제?"

"나도 처음에는 내키진 않았는데……."

"언제부터 그랬어?"

누나는 울상을 지었다. "처음 간 건 지난달 초쯤……."

그러면 두 달 만에 빚이 오십만 엔?

마권을 어떻게 샀기에?

게다가 남자친구인 사코타 씨가 있는데도 다른 남자와 도박에 미쳤던 거야?

내 의문이 표정으로 드러났는지 누나는 가냘픈 목소리로 변명했다. "그 동급생이 햇병아리 배우라서 돈이 좀 궁하다고……."

"그러니까 돈까지 대 주면서 놀아 줬다는 말이야?"

"아니, 그게, 사코타 씨는 성실한 사람이잖아. 너무 성실해서 가끔 한숨 돌리고 싶을 때가 있거든."

"아니, 누나는 이제 그런 사람하고 결혼할 거잖아!"

목소리가 뒤집혀 버린 나를, 누나는 의아하다는 듯이 바라보았다.

"괜찮아. 말만 안 하면 모르는걸. 게다가 사코타 씨는 내 향락적인 면도 좋아해."

향락적이라. '향정신병환자처럼 낙관적'이라는 의미가 아닐까.

"그럼 사코타 씨에게 전부 털어놓고 빚을 갚아 달라고 하면 되잖아."

심술궂은 말을 하니 누나는 풀이 죽었다.

"그렇게는 못해. 알잖아……."

눈에는 눈물까지 글썽글썽했다. 그 모습을 보니 나도 계속 말을 이을 수 없었다.

과연. 누나의 위기는 잘 알았다. 이런 이유로 생긴 빚이라면 입이 찢어져도 친아버지에게 말할 수는 없을 것이다. 누나의 아버지이자 내 큰아버지는 돈에도 엄격하지만 윤리에도 까다롭다. 다른 남자와 함께 경마에 미쳐서 빚을 졌다고 자백한다면, 사코타 씨에게 그것을 전부 털어놓고,

"이렇게 어리석은 딸자식이라도 괜찮다는 각오가 있다면, 아무쪼록 잘 부탁드리겠습니다"라고 말할지도 모르는 사람이다.

그런 점에서 우리 부모님은 그나마 대하기가 쉽다. 아까 누나가 찾아왔을 때와 같은 모습으로 눈물을 주르륵 흘리며 울어 보이면 엄하게 꾸짖은 다음,

"이번뿐이야!" 하고 화를 내면서도 오십만 엔을 꾸어 줄 것이다. 큰아버지에겐 절대 비밀로 하고.

하지만 부모님은 집을 비웠다. 게다가 은행도 문을 닫았다. 집에는 작은 금고가 있지만 그곳을 열어 봐도 현금 오십만 엔이 없다는 것을 나는 잘 알고 있다.

누나가 어찌할 바를 모르는 것도 무리는 아니다.

"어떻게 하지……."

"왜 어제 반지를 뺏겼을 때 바로 우리 집에 의논하러 오지 않았어?"

"어젯밤에는 사코타 씨가 집에 저녁을 먹으러 왔어. 빠져나올 수 있을 리가 없잖아. 집에 있으면 약혼반지를 끼지 않아도 부자연스럽지 않고. 게다가 이런 때 설마 여행을 가시다니 생각지도 못했다구!"

"결혼기념일이야."

그렇다. 요 몇 년간 아버지는 묘하게 어머니에게 다정해서 결혼기념일도 꼬박꼬박 기억하고 있었다.

"내 결혼이 깨질지도 모르는 이런 때, 결혼한 지 벌써 이십 년이나 지난 사람들이 어째서 태평하게 여행 따위 가는 거야. 유우, 어째서 못 가게 막지 않았어?"

누나는 당치도 않은 소리를 하고 있다.

"애당초 회사에 반지를 끼고 가서 자랑하고 다닌 게 잘못이지."

"아니 그건……."

"태도가 좋지 않아. 회사는 패션쇼 무대가 아니잖아."

"너도 참 애늙은이구나."

"적어도 난 경마 빚을 지지 않을 정도의 분별력은 있거든."

누나는 입을 다물고는 흑흑 하고 울음을 터뜨렸다.

"울면 어떻게든 해결될 거라 생각하지 마."

그렇게 말하면서도 역시 눈물에는 약해진다. 나는 어쩔 수 없이 없는 지혜를 짜냈다.

"어쩔 수 없군. 꾀병이라도 부리는 건 어때? 급성 위염이든 식중독이든 아무거나 상관없으니까. 사코타 씨와 상경한 은사님에게는 내가 가 줄게. 핀치히터를 맡아 주지. 그럴싸한 거짓말로 얼버무려 준다니깐."

어떻게든 오늘 하룻밤만 견디면 된다. 하지만 누나는 그 자리에서 "안 돼"라고 했다.

"왜?"

"병문안을 오면 그대로 아웃이잖아. 집에서 끙끙거리며 누워 있다고 하면, 사코타 씨가 병문안하러 올 거야. 난 그런 연기 못 해."

과연. 게다가 생각해 보면 사코타 씨를 속일 수는 있어도 친아버지의 예리한 눈을 속일 수 있을 정도로 누나는 연기를 잘하지 못한다. 초등학교 때도 꾀병을 부리고 놀려고 하다가 자주 큰아버지한테 들킨 적이 있다고 들었다.

"그럼 지금부터 물을 꿀꺽꿀꺽 마셔."

"뭐야, 그건."

"그러면 손이 붓잖아? 그래서 반지를 못 꼈다고 하면 돼."

"바보. 그래도 반지를 갖고 가서 보여 줄 수는 있잖아."

"안 가져가면 되지."

"정말 눈치가 없는 여자라고 생각하실 거야. 알겠니? 오늘 저녁은 사코타 씨가 은사님에게 나를 소개하는 자리야. '요이치 씨에게 받은 거예요' 하면서 반지를 보여 드리는 게 상식이고 예의야."

참나, 마음대로 해! 라고 말하고 싶은 것을 간신히 참으며 생각했다. 그리고 이렇게 하고 있으면, 잠시 동안은 내 자신의 상심을 잊을 수 있다.

"정말로 오십만 엔 어떻게 못 해?"

"무리야."

"신용카드로 현금서비스 받아 봐."

"내 카드는 이십만 엔이 한도야."

평소 카드를 펑펑 긁어 대는 주제에 한도가 그 정도냐.

궁하면 통한다. 이윽고 아주 간단한 해결책이 번쩍 떠올랐다.

"뭐야, 그런가."

발상을 전환하면 되는 것이다.

"누나, 다른 반지를 핀치히터로 세우면 되잖아."

"이미테이션? 안 돼" 하고 쌀쌀맞게 대답했다. "저 반지, 얼마라고 생각하니? 백이십만 엔이야. 백이십만. 가짜를 끼고 가면 바로 들켜."

백이십만이라는 말을 듣고는 놀라는 것에도 질려서 나는 더 말하지 않았다.

"이미테이션이 아니야. 진짜가 있어."

누나는 눈썹을 치켜 올렸다. "어디?"

"우리 금고 안에."

오 년 전, 결혼 십오 주년 기념으로 아버지가 어머니에게 사 준 반지다. 가격은 삼십만 엔이라고 들었다.

그래도 진짜는 진짜다. 백금 밴드에 티파니 세팅. 컷 방식도 다이아몬드 크기도 비슷하다. 누나 반지를 처음 봤을 때 어머니가 했던 얘기가 기억난다.

―보통 사람 눈에는 내 반지랑 똑같이 보이겠지만, 가격이 그만큼이나 차이가 나는 건 역시 보석의 질이 달라서 그럴 거야.

누나의 볼에 아주 조금 화색이 돌았다. 그리고 천천히 말했다.

"문제는 반지 안에 새겨진 글자야. 어떻게 얼버무리면 될까?"

나는 잠시 생각했다. "그야 손이 부어서 반지가 빠지지 않는다고 하면 되잖아? 그 정도는 실례도 아닐 텐데?"

누나는 납득했다는 얼굴로 고개를 끄덕였다. "맞아. 난 손에 살이 좀 있어. 작은 어머니는 손가락이 가는 편이니까. 그렇게 하면 되겠네."

그러더니 방긋 웃으며 적극적으로 나서기 시작했다. "저기, 유우. 나 혼자서는 불안해. 저녁에 같이 가자. 괜찮지?"

아무래도 끝까지 행동을 같이할 수밖에 없을 것 같다.

3

시험 삼아 어머니의 반지를 껴 보고,

"약간 작은 것 같은데, 딱 됐어!" 하고 기뻐하던 누나는 금고를 닫는 나를 바라보며 의아하다는 듯이 말했다.

"유우, 금고 비밀번호랑 열쇠 감춰 놓은 곳도 알아?"

"응. 어머니가 '깜빡 잊어버렸을 때를 대비해서' 가르쳐 주셨으니까."

"그렇구나……."

"부모님은 나를 신뢰하시거든."

누나는 나를 툭 쳤다. "어차피 저는 방탕한 딸이랍니다."

이쓰미 누나는 자기 집 금고의 비밀번호를 모른다. 열쇠는 거실의 자질구레한 것을 넣어 두는 서랍에 있지만,

"네게 여는 법을 일러 주는 건 고양이에게 생선을 주는 격이야"라고 큰아버지가 말씀하신 모양이다. 농담이겠지만 엄격한 대사다.

저녁때 데리러 올 테니까, 라는 말을 남기고 누나는 일단 돌아갔다. 혼자가 되자 나는 또 다시 근심에 잠겼다.

전화를 걸어도 아직 받지 않는다.

내 방 책상 서랍에는 그녀에게 주려고 산 선물이 들어 있다. 손 안에 쏙 들어갈 정도로 작은 상자지만, 매장의 점원에게 물어봐서 포장에도 공을 들였다.

'여자친구가 행복하겠네요' 라고 놀림을 받아도 기뻤다.

전화벨이 울린 것은 오후 네 시가 지났을 때였다. 내 가슴 안쪽에서, 심장이 두 번 공중돌며 한 번 비틀기를 정확히 해냈다. 바로 받으면 계속 기다렸다는 사실을 들켜 버릴 것 같아서 싫었다―갑자기 그런 생각이 들어서 벨소리를 계속 세었다.

그러다가 더 이상 참을 수 없을 때 수화기를 들었다.

"여보세요!"

"유우? 왜 바로 안 받아. 화장실?"

이쓰미 누나였다.

"무슨 일이야? 아직 한참 멀었잖아."

누나의 목소리는 서두르는 것 같았다. "그게 있잖아, 지금 은사님이 우리 집에 전화를 하셨어. 신주쿠에 도착해서 호텔에 체크인하려고 했지만 길을 잃어버리셨대. 연세가 있는 분이고 짐도 있으니 정말 난처하잖아. 그래서 역 앞에서 기다리시라고 하고 맞으러 가기로 약속했어. 지금 나갈 테니까 너도 준비하고 기다려. 잘 부탁해."

연휴라서 시내에 돌아다니는 차들 중에 지방 번호판을 단 차가 많이 섞여 있었다. 다시 말해서 길을 잘 모르는 운전자가 있다는 말이다. 게다가 제법 정체되고 있다. 누나의 운전 솜씨를 잘 모르기 때문에, 가능한 한 누나의 주의를 흩뜨리지 않도록 나는 얌전히 있었다. 사실 나는 조수석이 아니라 뒷좌석에 앉고 싶었다.

누나의 차는 산 지 반년도 지나지 않은 빨간색 미니 쿠퍼다. 여자들에게는 인기가 있는 차라서 도로를 지나가면 이따금 시선을 느낀다. 더불어 누나의 운전 솜씨가 조금만 더 좋았다면 나도 기분 좋게 있을 수 있겠지만.

"내가 찾아갔을 때, 너도 시무룩했지."

신호를 기다리면서 누나가 말을 걸었다.

"그래?"

"응. 둘 다, 우리 바로 앞에서 창구가 닫혀서 마권을 못 샀는데 레이스가 끝나고 보니 예상이 정확히 맞아서 배당이 엄청나게 떨어졌네, 아, 분해 죽겠다―하는 얼굴을 하고 있었어."

"누나, 이제 경마는 그만둬."

"넵."

누나는 라디오를 틀었다. 디제이의 목소리에 이어 린다 론스태드의 노래가 흘러나왔다. 〈나는 운이 없어Poor poor pitiful me〉였다. 지금 기분에 딱이다. 너무나 딱 들어맞는다!

은사는 신주쿠 역 남쪽 출구에서 기다리고 있었다. 전화로 들은 이야기로 그분은 누나 얼굴을 안다고 했다.

―사진으로 봤대.

누나가 차에서 내려서 잠시 찾고 있었을 뿐인데도 붐비는 사람들

속에서 누나에게 바로 말을 걸어 왔다. 쉰 살 정도의 품위 있는 인상의 아주머니—아니, 중년 부인이라고 해야 하는 걸까—였다. 차분한 색깔의 기모노 차림에 버선은 새하얀 색이었다. 거듭 황송해하며 고마워했고, 누나가 나를 소개하자 내게도 굽실거리며 머리를 숙였다.

가만히 있어도 웃는 표정의 사람이었다. 침착하지 못한 태도에 이마에는 땀이 배어 있다. 발치에 놓여 있던 길이 잘 든 커다란 보스턴백은 내가 들어 주었다. 의외로 가벼웠다.

은사의 이름은 사에키 미치코라고 했다. 사코타 씨의 초등학교 시절 담임이었다고 한다. 누나는 옛날 은사님을 소중히 여기는 사코타 씨의 상냥함에 다시 한번 반한 것 같았다.

고층 빌딩가의 호텔에 예약을 했다고 해서, 우선 그곳으로 차를 몰았다. 사에키 씨가 체크인을 하는 사이 나와 누나는 로비의 찻집에서 기다렸다.

사에키 씨가 돌아와 커피를 주문하고 나서야 겨우 한숨을 돌릴 수 있었다.

양쪽 다 첫 대면이고 제법 긴장한 것 같았지만, 사에키 씨는 자기가 시골사람이라서—라는 말부터 시작해, 신주쿠 역이라는 곳은 정말로 알기 어렵다고 몸짓 손짓을 하며, 길을 잃어버린 당시의 상황을 이야기해 주었다. 누나는 즐거운 듯이 웃으며 맞장구를 치고 있다. 제법 마음이 맞는 것처럼 보였다.

"정말로 부끄럽네요. 큰맘 먹고 전화하길 잘했지. 나 혼자서는 해가 질 때까지 헤매고 있었을 겁니다."

"잘하셨어요. 빨리 만나 뵙게 되어 다행이죠."

"요이치 군이 '낮에 연락이 되지 않는 곳에 있으니까, 무슨 일이 있으면 여자친구에게 전화해 주십시오'라고 하면서 전화번호를 가르쳐 주더군요. 정말로 상냥하고 배려 깊은 사람이지요."

"네, 맞아요."

"요이치 군뿐 아니라 당신도 마찬가지예요, 이쓰미 씨."

누나가 수줍어하는 것을 나는 처음 보았다. 입가에 손을 대고 있다.

웃는 눈의 사에키 씨는 얼굴에 크게 웃음을 띠며 말했다.

"훌륭한 반지네요. 약혼반지인가요?"

드디어 왔다. 누나는 태연자약하게 대답했다. "네, 요이치 씨가 사준 거예요."

"한번 봐도 될까요?" 사에키 씨는 몸을 기울였다. "아니, 그대로, 빼지 않아도 돼요. 잠깐 실례" 하고 누나의 손을 잡아 가까이 당겼다.

"어머, 멋지네요—."

그런데 갑자기 표정이 변했다. 당혹한 듯하기도 하고 미심쩍기도 한 표정으로.

나를 흘끗 쳐다본 후 누나가 물었다.

"저, 무슨 일이시죠?"

사에키 씨는 고개를 들고 누나의 손을 놓은 다음 "죄송합니다. 잠시 기다려 주세요."

의자 위에 놓아 둔 핸드백을 분주하게 뒤지기 시작했다. 거기서 안경을 꺼내어 허둥지둥 썼다. 그리고 다시 한번 누나 손에 얼굴을 바싹 대고 반지를 관찰했다.

오래지 않아 사에키 씨는 속삭이는 듯한 목소리로 말했다. "이쓰미 씨 이거 어디서 구입하셨나요?"

누나는 긴자의 보석가게 이름을 댔다. 그러자 사에키 씨는 눈을 커다랗게 떴다.

"정말이에요? 틀림없어요?"

"네. 요이치 씨에게 물어봤어요. 그이가 사 왔으니까. 제가 가게에 같이 간 건 아니지만요."

사에키 씨는 천천히 얼굴을 들었다. "이쓰미 씨, 이거 가짜예요."

"네?"

"이미테이션이에요. 그것도 싸구려. 대체 어떻게 이런 실수가 있을 수 있을까요!"

나도 누나도 대답할 말이 없었다. 누나가 무슨 생각을 하고 있었는지는 모르겠지만 나는 기겁을 했다. 아버지가 어머니에게 사 준 반지가 가짜?

"잠깐 빼서 보여 주시겠어요?"

사에키 씨의 말에 내가 말릴 틈도 없이 누나는 그 말대로 반지를 뺐다. 그렇지만 사에키 씨는 반지 안쪽의 이름 따위는 신경도 쓰지 않았다. 보석만 관찰하고 있다.

"지나치게 깨끗하네요" 하고 복잡한 표정으로 말한다. "빛이 너무 균일하게 반사가 되어서―천연 보석은 얼룩이 좀 있거든요, 그게 독특한 멋을 풍기는 겁니다."

사에키 씨는 뭔가 생각이 난 듯이 시선을 들고 말을 이었다.

"제가 보석에는 까다로워요. 교사로 근무하는 틈틈이 공부를 해서 감정사 면허도 갖고 있지요. 반은 취미입니다만."

여러 각도로 살펴보며 반지를 검사한다. 누나는 그 모습을 가만히 지켜보았다. 내가 물어보았다.

"제가 봐도 알 수 있을까요?"

"네. 한번 보시겠어요?"

나는 일어나 사에키 씨 옆으로 다가갔다. 좋은 향기가 확 풍겼다.

이 향기는—에르메스의 오드콜로뉴 '칼레쉬' 다. 이런 연배의 여자가 뿌리는 경우는 드물다. 젊은 취향의 오드콜로뉴라고 누군가 일러 준 것이 기억났다.

내 눈에는 다이아몬드가 진짜인지 가짜인지 구분할 수 없었다. 사에키 씨도 진지한 얼굴로 관찰을 계속하고 있다.

"요이치 씨가 속았을지도 몰라—아니, 분명히 그럴 거예요. 하지만 혹여 제 눈이—."

사에키 씨가 중얼중얼하면서 반지를 손에 든 채 급히 일어섰다.

"죄송해요, 잠시 자연광 아래서 보고 싶군요. 지금이라면 아직 해가 있으니까. 금방 돌아오겠습니다."

의자 위에 핸드백을 그대로 둔 채 종종걸음으로 찻집을 나서다 마침 지나가던 보이를 붙들고 짧게 뭔가를 물은 후 다시 서두르는 걸음으로 우리의 시야에서 사라졌다.

"대체 어떻게 된 거야?" 누나는 당혹해했지만 어쩐지 재미있어하는 것 같기도 했다.

"작은아버지가 작은어머니에게 거짓말한 걸까. 삼십만 엔이라고 했지?"

"지금 그런 건 아무래도 좋아." 나는 되받아쳤다. "이대로 사코타 씨를 만나면 어떻게 될 거라 생각해? 거짓말로 끝까지 우길 수는 없잖아."

"맞아. 진짜 사정을 얘기하든지, 반지를 진짜 약혼반지로 바꾸든지 하지 않으면—."

결국 우리는 그런 걱정을 할 필요가 없어졌다.

왜냐하면 사에키 씨는 나간 다음 다시 돌아오지 않았기 때문이다.

십오 분이 지나자 나는 이상하다고 생각했다. 삼십 분이 지나자 누나도 이상하다고 느낀 것 같다. 그래서 의자 위의 핸드백을 조사해 보니 안에는 종이 부스러기밖에 들어 있지 않았다. 보스턴백도 마찬가지였을지도 모른다. 프런트에 달려가 물어보니 사에키 미치코라는 이름의 손님은 체크인하지 않았다고 한다.

우리는 사기에 걸려 버린 것이다!

4

"당면한 문제를 해결하자구."

기특하게도 나는 누나를 위해서 말했다.

충격이 컸다. 그 다이아몬드 반지, 결혼 십오 주년 기념 반지를 받았을 때 어머니가 얼마나 기뻐했는지, 지금까지 얼마나 소중히해 왔는지 나는 잘 알고 있으니까. 큰 모임이나 아주 중요한 외출 때밖에 끼지 않았고, 손을 씻을 때에는 꼭 빼놓고 절대로 반지에서 눈을 떼지 않았다.

그래도 어쨌든 지금은 누나의 약혼반지가 먼저다.

"출발점으로 돌아가 버렸어. 누나 반지를 어떻게든 돌려받아야 해. 사코타 씨와 약속은 몇 시지?"

"일곱 시 반. 유라쿠초의 찻집."

시계를 보니 벌써 여섯 시가 다 됐다. 실제로는 한 시간도 채 남지 않았다.

"어떻게든 돈을 마련해서 반지를 돌려받아야 해. 그 선배 집이 어디야?"

"이타바시."

"서둘러 가면 시간을 맞출 수 있어."

"하지만 어떻게 해. 돈이 없잖아."

"돈은 없지만 담보는 있어."

왜 좀더 빨리 깨닫지 못했을까. 아니, 누나가 실제로 운전해 오기까지 완전히 잊고 있었다. 이 차의 존재를.

"차야. 차." 나는 시트를 두드렸다. "이걸 담보로 하는 거야."

"난 '자동차 담보대출' 같은 곳에 가기는 싫어."

나도 그럴 작정은 아니다. 목적지는 내가 아르바이트를 하는 중고차 가게다.

"이렇게 되면 비상수단이야. 이 차를 담보로 하루 동안 오십만 엔을 빌리자. 계약서도 제대로 쓰고 이자도 붙이고 누나 지장도 찍는 거야. 구두 계약만으로는 안 돼. 빚이 얼마나 무서운지 이제 잘 알았겠지?"

"응." 누나는 안쓰럽게 고개를 끄덕였다. "나한테 돈을 빌려 줄까?"

결론부터 말하면 빌려 주었다. 누나가 눈물을 머금었고 나도 빌다시피 사정사정했기 때문에—라기보다는, 차가 신품이나 다름없는 미니 쿠퍼라는 것이 무엇보다 효과적이었다.

"거래 기한은 내일 오후 여덟 시. 일 분이라도 늦으면 딴 데다 팔아 버릴 거야!"

딜러의 목소리를 뒤로 지장도 채 마르지 않은 계약서를 주머니에 쑤셔 넣은 우리는 이타바시로 향했다.

문제의 선배는 이구치 유키에라고 했다. 너저분한 주택가의 이 층짜리 아파트 제일 끝 방에 작은 표찰이 걸려 있었다.

문을 연 사람은 사십대 중반의 왠지 지쳐 보이는 여자였다. 나이 탓이 아니라도 왠지 칙칙한 인상이었다.

아무 말 하지 않았지만 용건을 아는 것 같다. 우리를 현관에 세워 둔 채 "돈은 가져왔어?"라고 물었다.

"가져왔어요." 누나는 떨고 있었다. "반지를 돌려주세요."

이구치 씨는 조금 졸린 듯 보이는 멍한 눈빛으로 우리를 번갈아 쳐다보았다.

"이 아이는 누구?" 나를 턱으로 가리킨다.

"제 사촌동생이에요."

"보디가드로 데려온 거야?"

누나는 묵묵히 상대의 얼굴을 바라보고 있었다. 이구치 씨 쪽이 먼저 눈길을 돌렸다.

좁은 방에서 텔레비전 소리가 들려왔다. 엔카 가수가 노래하고 있는 것 같았다. 버림받은 여자의 한을.

선명한 저녁놀이 뜬 하늘 아래 깔끔하게 정리된 방이라고는 할 수 없는 곳에 틀어박혀, 자신을 배신한 남자를 찾아 북쪽 지방을 헤매는 여자의 노래를 듣고 있다—.

일요일 저녁을 이런 식으로 보내는 여자도 있구나 하고 나는 생각했다.

"들어와요."

그렇게 말하고 이구치 씨는 안으로 들어갔다. 나와 누나는 벗어둔 채 방치되어 있는 샌들 옆에 구두를 가지런히 벗고, 발밑에 잡지가 흩어져 있는 방으로 들어갔다.

막다른 곳에 빛바랜 발이 드리워져 있다. 그 건너편이 부엌인 것 같다. 이구치 씨는 그곳에서 엉거주춤한 자세로 식기 선반의 서랍 안을 들여다보고 있었다. 차를 내어 오려는 것이 아니라, 반지를 그곳에 넣어 두었을 것이다.

다다미 여섯 장 정도 되는 크기의 방에는 생활에 필요한 물건이 대부분 갖추어져 있었다. 베란다에 있는 세탁기가 하얗게 모습을 드러내 보이고 있었다. 유리창 건너편 하늘에는 화난 듯한 저녁놀이 퍼지고 있었다.

나는 세면장으로 통하는 좁은 통로 옆에 서 있었다. 화장대라고도 부르기 힘든 전신 거울에 선반이 달린 가구가 있고, 그 위에 화장품이 흩어져 있었다. 무스나 화장수, 뚜껑이 기울어진 나이트크림, 머리카락이 엉킨 빗, 빗질할 때 쓰는 어깨걸이, 그리고 쓰다 만 '미쓰코' 향수병이 보였다.

하지만 거울 옆에 섰을 때 희미하게 풍긴 것은 '미쓰코'의 냄새가 아니었다.

그것은— '칼레쉬'였다.

개처럼 코를 킁킁거려 보았다. 분명하다. 틀림없다. 뿌렸을 때 어깨 걸이 같은 곳에 냄새가 배었을 것이다.

이구치 씨가 돌아왔다. 하얗고 작은 상자를 손에 들고 있다.

"돈이 먼저야."

돈을 건넨다. 그녀가 센다. 오십만과 이자분의 금액을 확인하고 나서 그녀는 작은 상자를 누나 쪽으로 밀었다. 누나는 상자를 열어 반지를 꺼내 안쪽의 이니셜을 확인하자, 우물쭈물하고 있으면 다시 빼앗겨 버린다—는 듯이 급히 손가락에 꼈다.

"이런 강경수단이라도 쓰지 않으면 절대 갚을 마음이 안 들었겠지."

희미한 웃음을 띠며 그렇게 말했다.

"고맙습니다. 돈을 빌려 주셔서 감사드립니다." 누나는 살짝 머리를 숙였다. "제가 얼마나 바보였는지를 가르쳐 주신 것도."

이구치 씨는 말이 없었다. 잠시 후 작은 목소리로 말했다.

"어째서 더 빨리 가지러 오지 않았는지 정말 이상했어."

우리는 숨이 막힐 듯한 아파트를 나왔다.

누나와 함께 역으로 걸어가는 동안, 나는 아무래도 참을 수 없어졌다.

"있잖아, 이구치 씨는 회사에서 누나와 사이가 좋았지?"

"응, 맞아. 돈을 빌려 달라는 부탁을 할 수 있을 정도니까. 나를 아주 귀여워해 줬는데……." 입술을 깨문다. "슬퍼."

"원래 누나 잘못이잖아."

"—알고 있어."

나는 천천히 물었다. "누나, 이구치 씨에게 사코타 씨에 대한 이야기한 적 있어?"

이쓰미 누나는 걸음을 멈추었다. "—이것저것 상담한 적은 있는데, 왜?"

"오늘 일은? 사코타 씨의 은사님이 오늘 도쿄에 오시는 건 예전부터 알고 있었지? 그 일도 말했어?"

"응. 어떤 식으로 대접하면 좋을지 물어봤는데……."

누나의 표정에 내 마음속에 있는 의혹이 옮겨 가는 것이 보였다. 찡그린 눈썹 근처가 '설마' 라고 말하고 있다.

나는 역 앞 시계를 가리켰다. "일곱 시 오 분 전이야. 이제 가는 게 좋겠어."

"유우, 너—."

"나 화장실 가고 싶어. 찻집 같은 데서 잠시 쉬다가 돌아갈게. 그럼 잘 가."

등을 떠밀듯 누나를 보내고 나는 혼자 남았다.

그리고 이구치 씨의 아파트로 되돌아갔다.

5

돌아온 나를 봐도 그녀는 그다지 의외라는 표정을 짓지 않았다. 예상하고 있었던 것처럼 보이기도 했다.

"용건만 말하겠습니다. '칼레쉬'를 뿌린 기모노를 입은 여자 분께 전해 주세요. 그 반지는 이쓰미 누나 것이 아닙니다. 그건 당신이 제일 잘 알고 있을 거라 생각하지만요. 게다가 누나는 벌써 충분히 반성했고 혼도 났습니다. 그러니까 반지는 돌려주세요."

이구치 씨는 가만히 내 말을 듣고 있었다. 그러다가 작은 소리로 말했다.

"'칼레쉬'?"

"사기를 친 여자가 뿌린 콜로뉴 말입니다. 아까 방에서 그 냄새가 났어요. 하지만 당신이 쓰는 것은 '미쓰코'거든요. 이상하죠."

호텔을 무대로 사기를 계획한 것은 이구치 유키에와 기모노 차림의 여자였을 것이다. 그렇지 않으면 기모노 여자가 우리를 그렇게 잘 속이기는 불가능하다. 두 사람은 한패였다.

그것은 모두 누나에게 벌을 주기 위해서다.

이구치 씨는 전부터 누나가 오늘 사코타 씨의 은사와 만나기로 한 약속을 알고 있었다. 그래서 계획을 세울 시간이 있었을 것이다. 충분하게.

어제, 누나에게 반지를 빼앗았다. 누나는 허둥지둥 돈을 융통해서 오늘 여기로—아마 아침 일찍 올 것이다. 그러면 돈을 받고 반지를 돌려줘서 우선 안심시킨다. 그러나 오후에는 사기다. '이 반지는 가짜입니다' 하고 거짓말을 해서 누나의 손에서 다시 반지를 가져간다.

산 넘어 산이다. 누나로서는 마음을 놓을 틈도 없었을 것이다. 더블 펀치.

더 한층 교묘한 악의가 엿보이는 것은 이 계획이 2단 구조로 짜여졌다는 점이다.

아무리 누나라도 처음 만난 상대가 갑자기 '이 반지는 가짜입니다'라고 해도, 아, 그렇습니까 하고 받아들일 리가 없다. 하지만 일단 타인의 손을 한번 타고 나서 돌아온 것이라는 전제가 있으면 이야기는 다르다—이구치 씨와 기모노 여자는 그렇게 생각했을 것이다.

정말 주도면밀하게 꾸며진 좋은 계획이 아닌가. 실제로는 우리 어머니의 반지가 등장했기 때문에 그들의 계획대로는 되지 않았지만.

"이쓰미 씨는 어째서 더 빨리 받으러 오지 않았을까." 쓴 웃음을 띤 이구치 씨는 나를 보았다. "덕분에 마음을 졸였어. 모처럼 세운 계획인데 그녀가 걸려들지 않는 게 아닌가 해서……. 하지만 이쓰미 씨가 반지를 받으러 오지 않아도 어쨌든 계획대로 진행해 보자고 마음먹고 사코타 씨의 은사를 가장해서 전화로 불러냈더니, 데리러 나온데다 반지도 끼고 있었지. 결과적으로는 사기도 성공했고 반지도 하나 더 나왔잖아. 놀랐어."

나는 사정을 설명했다. 이구치 씨는 납득한 듯이 몇 번 고개를 크게 끄덕였다.

"그랬구나. 학생 어머님 반지라면 돌려줘야겠네."

"여기 있습니까?"

"있어. 너희들이 오기 직전에 기모노 여자가 와서 놓고 갔어. 우리 목적은 도둑질이 아니니까, 원래는 바로 돌려줄 생각이었지."

그녀가 여기에서 나갈 때, 기모노의 오비를 살짝 고쳐 매고 머리도 빗고 이왕 하는 김에 콜로뉴도 한번 뿌리고 갔을 것이다. 그 향이 남아 있었던 것이다.

"미안해." 이구치 씨는 내게 반지를 돌려주었다. 손수건에 싸여 있었는데 그 손수건에는 '미쓰코'의 냄새가 배어 있었다.

"하나만 가르쳐 주세요." 나는 가능한 한 정중하게 말했다. "어째서 이런 짓을 하셨습니까? 누나에게 화가 났기 때문입니까?"

이구치 씨는 나를 보지도 않고 대답했다. "아무리 재촉해도 돈을 갚지 않은데다, 내 험담 하는 걸 들어 버렸지. '올드미스는 정말 싫어. 사는 보람이 없으니 돈에 집착한다니까'라고 하더군."

누나를 대신해 나는 부끄럽게 생각했다. "죄송합니다……."

"괜찮아." 의외로 이구치 씨는 웃었다. "직장에 오는 경박한 여자애들을 돌봐 주고 뒤치다꺼리하는 게 내 천직 같으니까. 나는 운이 없어. 그런 여자애들에게 운을 빼앗기는 거겠지. 힘든 일은 전부 나한테 떠맡기니까."

패기나 기쁨의 파편조차 없는 이 집의 분위기를 묵직하게 느끼며, 나는 마음속으로 생각했다.

이쓰미 누나는 분명 경박하고 무책임하고 유행에 잘 휩쓸리는데다 낭비벽도 있지만, 그래도 나는 누나가 싫지 않았다. 왜냐하면 누나는 자신의 인생에서 일어나는 좋지 않은 일을 다른 사람 탓으로 돌리며 피해자인 척한 적은 결코 없으니까.

"기모노 차림의 여자 분은 친구십니까?"

"질문은 하나만 한다고 했지?"

나는 훗 하고 웃어 버렸다. "그렇군요. 하지만 당신을 위해서 도움을 주고 죄를 무릅쓸 정도로 사이가 좋은 사람인가 해서요."

"친구인걸. 친구란 그런 거잖아?"

"저 같으면 친구에게 그런 일을 부탁하지 않을 겁니다. 그렇게 뒤가 켕기는 신세를 지기는 무서우니까요."

이구치 씨의 표정이 처음으로 굳어졌다.

"안녕히 계세요."

등을 돌리고 가려 했을 때, 이구치 씨가 물었다.

"학생은 어째서 콜로뉴나 향수에 대해 그렇게 잘 알아?"

"오늘이 여자친구 생일이거든요."

의아하다는 표정의 이구치 씨에게 나는 웃어 보였다.

"작은 병에 든 콜로뉴를 선물하려고, 한 달 정도 도쿄 전체의 백화점 화장품 매장을 돌아다니며 산더미 같이 많은 콜로뉴 냄새를 맡았어요."

이구치 씨도 희미하게 웃어 보였다. 그러고는 갑자기 문을 쾅 닫아 버렸다.

아파트의 계단을 다 내려왔을 때 머리 위에서 그녀의 목소리가 들려왔다.

"학생, 가르쳐 줄게. 지금 네가 갖고 있는 반지 말이야, 정말로 가짜야. 싸구려 위조. 보석을 감정할 수 있는 건 나거든. 내가 직접 눈으로 봤으니까 틀림없어. 다이아몬드 위에 물을 한 방울 떨어뜨려 봐. 물이 확 퍼지면 가짜야. 진짜는 물방울이 되어서 구르다가 떨어지니까. 거짓말이 아냐."

놀라서 위를 올려다보니 그녀가 문을 닫는 참이었다. 웃음소리가 들린 듯한 기분이 들었다.

저런 거짓말을 늘어놓다니. 불행한 여자다.

집에 돌아올 때까지 내 입안에는 불쾌한 뒷맛이 남아 있었다. 현관 계단에 앉아 있는 여자 아이의 모습을 보기 전까지는.

"가족끼리 도쿄 디즈니랜드에 갔다 왔어." 내 여자친구가 말했다. "선물 사 왔어."

그러고는 살짝 미소 지으며 말했다. "어제는 미안."

그 순간 나의 하루는 보람찬 것으로 변했다.

"나도 선물—줄 게 있어." 나도 말했다.

한편—.

그 후 이야기할 것은 그다지 없다. 9월 15일, 이쓰미 누나의 빛나는 결혼식 날이 오기까지는.

결혼식은 오후 한 시 예정이었지만 준비가 큰일이었다. 나나 아버지는 별로 할 것이 없었지만, 도메소데기혼여성용 예복으로 옷자락에 무늬가 있는 옷를 입어야 하는 어머니는 아침부터 대소동이었다.

어머니는 나서기 직전까지 어수선하게 움직였다. 우리는 먼저 밖에 나가 있었지만, 아버지가 기다리다 지쳐서 큰소리로 불렀다.

"어이, 해가 다 지고 말겠어."

"제가 보고 올게요."

집으로 들어가자, 어머니는 화장실에서 막 나온 참이었다.

"마침 잘됐네. 유우, 소매 좀 잡아 줘."

어머니의 손 씻는 모습을 딱히 보고 싶었던 것은 아니지만, 무심코 보니 왼손 약지에 다이아몬드 반지가 끼워져 있었다.

반지를 낀 채로 손을 씻고 계신다.

"어머니, 반지 괜찮아요?"

내가 물어보니 어머니는 혀를 쏙 내밀었다. "어머, 항상 주의하는데 오늘은 방심했네."

의미를 잘 알아들을 수 없었다. 어머니는 손을 닦으면서 아무렇지도 않은 얼굴로 말했다.

"너한테만 가르쳐 줄게. 이 다이아몬드, 가짜야."

나는 말문이 막혀 버렸다.

"아버지가 가짜를 사 줬어요?"

저런 것을 받고 어머니는 그렇게 기뻐했던 거야?

"아니, 사 줬을 때는 진짜였어. 삼십만 엔짜리."

"그런데 어째서—."

어머니는 웃었다. "이거, 결혼 십오 주년 기념 따위가 아니야. 네 아빠, 그때 바람 피웠거든."

나는 나도 모르게 현관 쪽을 돌아보았다. 아무도 없었다.

"정말?"

"정말이야. 단지 내가 눈치 못 챘다고 생각하는 것 같지만."

"하지만 알아차렸군요?"

"당연하지." 어머니는 아버지의 바지에 실밥 터진 곳을 발견한 것 같은 얼굴로 대답했다.

"네 아빠, 뒤가 켕겼을 거야." 어머니는 말했다.

"그러니까 반지를 사 왔겠지. 괘씸하잖아. 그래서 엄마는 그걸 팔아 버렸어. 그러고는 가짜를 사 뒀지."

"반지 판 돈은?"

"저축했어. 여행 갈 때 용돈으로 쓰고 있어. 유우한테도 입막음용 용돈을 줘야겠네."

태연한 얼굴을 하고 있다. 나는 위가 뒤집힐 것 같았다.

"아버지, 지금도 바람—."

"글쎄, 어떨까." 손질한 머리를 손으로 다듬으며 거울 앞에서 어머니는 말했다.

"모르지. 혹시 숨겨 놓은 자식이 있을지 몰라. 유산 상속 때 주의해."

밖에 나가니 아버지가 뿌루퉁하게 한마디 했다. "뭘 하는 거야."

이쓰미 누나의 새 신부 차림은 정말 아름다웠다. 누나는 많이 울었다. 그야 울음이 나올 만도 하지 않겠어.

나도 조금은 울고 싶은 기분이었다. 그런데도 어쩐 일인지 웃음도 동시에 나왔다.

참 이상하지?

들리세요

/

흔들어 깨우는 손길을 느끼고 나서야 츠토무는 비로소 자신이 깜빡 졸았다는 것을 깨달았다.

"도착했어. 일어나."

어머니가 나를 들여다보며 웃고 있다.

"이상한 아이야. 겨우 이십 분 정도인데, 트럭 짐칸에서 그렇게 잠을 달게 자니? 엄마는 조수석에 앉아 있어도 엉덩이가 아파서 힘들었는데."

그렇게 말하고 어머니는 등을 돌려 퐁 하고 점프하듯 짐칸에서 내렸다. 곧바로 이삿짐 회사의 일꾼들이 올라타 시원시원한 동작으로 짐을 고정하고 있던 구름 방지용 로프를 풀기 시작했다.

"여기 덥지?" 하고 일꾼 한 사람이 묻는다. 아르바이트하는 대학생일 것이다. 그것도 체육부 계열. '손가락 하나로 이사'라고 큼직하게 쓰인 티셔츠의 가슴께가 쫙 벌어져 있다.

"아니, 별로. 기분 좋던데."

츠토무가 대답하자 젊은 일꾼은 '희한하네'라면서 웃었다. 그가 돌아서자 등에 '도요 이사 서비스'라는 회사 이름이 씌어 있다.

츠토무는 일단 짐칸 끝에 걸터앉은 후, 지면에 살며시 내려섰다.

살진 일꾼은 벌써부터 턱에서 땀을 뚝뚝 떨어뜨리며 바퀴 달린 운반대를 트럭 짐칸에서 내리고 있었다. 바로 옆에는 아버지가 팔짱을 끼고 서서 짐칸을 올려다보고 있다.

견적 담당 직원은 대형트럭이면 한 대로 충분하다고 했다. 하지만 어머니는 안타까운 듯이 고개를 흔들며,

―대형 트럭은 집 앞에 댈 수가 없어요. 아무튼 길이 너무 좁아가지고서는.

―그러면 소형으로 왕복하시겠습니까?

어머니는 이번에도 고개를 저었다.

―그건 곤란해요. 두 대로 해 주세요. 그렇게 하면 한 번에 끝나죠? 왕복은 귀찮으니까.

나중에 츠토무는 이렇게 말했다. ―두 번 세 번 왕복할 때마다 할머니에게 작별 인사를 하는 게 싫은 거겠지. 한 번만 해도 쓸쓸한걸.

하지만 지금 일꾼들에게 활기차게 지시를 내리는 어머니의 얼굴을 보니, 딱히 쓸쓸해하는 것 같지는 않았다. 마치 새장 밖으로 나온 작은 새처럼 생기가 넘치고 목소리의 톤도 높았다. 소프라노로 〈자유의 노래〉를 부르고 있는 것 같다.

츠토무는 바지 주머니에 손을 넣고 소형 트럭의 포장 건너편으로 보이는 회색 기와지붕을 올려다보며 마음속으로 '안녕' 하고 인사했다.

'오리아이折り合い'라는 말이 있다.

사전에는 이렇게 씌어 있다. "서로 양보하여 매듭짓는 일. 타협."

그리고 '타협'은 "쌍방이 서로 양보하여 일치점을 찾아 일을 해결하는 것"이라고 되어 있다. 알듯 모를 듯한 이 설명 속의 진실은 하나. 어쨌든 어느 쪽도 '양보할' 줄 모르는 관계라면 '타협'은 일절 존재

하지 않으며, '오리아이'는 나빠질 뿐이다.

츠토무의 어머니와 할머니의 관계가 그랬다.

두 사람은 며느리와 시어머니 사이다. 또한 둘 다 결코 꺾일 줄 모르는 강철의 여자들이다. 만일 자신이 꺾인다면, 그 순간에 자신이 받치고 있던 세계가 머리 위로 무너져 내릴 거라고 믿는 사람들이기도 했다.

두 사람 다 교각橋脚이다.

큰 다리는 바싹 붙여서 세우는 법이 아니다. 하지만 위쪽 어딘가에서 인간을 인간계로 내려보내는 역할을 하는 누군가 씨는 때때로 실수를 범한다. 그 실수가 일으킨 대소동을 츠토무는 철이 들면서부터 죽, 속속들이 관찰해 왔다.

요리의 간이나 빨래 개키는 요령, 이웃 교제의 노하우, 연말 선물 정하기부터 화장실 휴지 고르는 일까지 어머니와 할머니는 사사건건 충돌했다. 그 전투의 진창에서 튀는 흙탕은 거의 어김없이 츠토무 쪽으로 날아왔다.

어머니는 '어머님은 츠토무를 스포일spoil한다'고 말한다. 할머니는 '아키코 너는 극성 엄마야'라며 오래된 유행어로 반박한다. 충돌이 일어날 때마다 츠토무는 무력한 유엔군마냥, 두 독재자 사이에서, 때로는 슬프게, 때로는 화가 나는 것을 느끼며 작은 백기를 흔들고 퇴각했다. 할머니가 '스포일'하지 않아도 영점을 받을 때가 있었고, 굳이 어머니가 강요하지 않아도 재미있으면 학원에 다녔다. 아이들은 모두 어른이 들고 있는 '비단 깃발'이 언제나 모조품이라는 것을 알고 있다. 가짜이기 때문에 더 요란하게 빛이 난다.

츠토무는 지금 열두 살. 내년 봄에는 중학교에 올라간다. 열두 해 동안이나 두 사람의 충돌을 지켜본 것만으로 충분했다. 베트남 전쟁도 팔 년밖에 지속되지 않았다.

그래서 석 달 전 부모님이 할머니와 따로 살기로 결단을 내렸을 때, 츠토무는 안심을 했다. '안도'라는 단어의 의미를 온몸으로 인식한 기분이었다.

중요한 결단은 언제나 그렇듯, 이것도 비밀 이야기를 통해 내려진 결단이었다. 유월 말 장맛비가 창문을 적시는 찌는 듯이 더운 밤, 츠토무는 자기 방 바닥에 귀를 대고 아래층에서 들려오는 부모님의 이야기 소리를 들었다.

—역시 그게 가장 좋다고 생각해. 나도 지쳤어. 그만하고 싶어. 아무리 애써도 어머님과 잘해 나가기는 무리야.

—다시 생각해 보라고 하는 것도 더 이상 어려울 것 같군.

—당신, 이제부터 남은 인생을 헤쳐 나갈 파트너로 어머니를 선택할 거야? 아니면 나와 츠토무를 선택할 거야? 확실히 해. 이것은 당신 문제니까.

아버지는 침묵했다.

—결혼하자마자 바로 어머니를 모셨어. 그래서 내게 신혼생활 따윈 없었지. 부부생활도 제대로 못 했고. 그래서 아이도 츠토무 하나밖에 없잖아.

—그건 말이 좀 지나친 것 같은데.

—어머님은 자식이 자립하는 걸 못 보셔. 내가 당신을 빼앗았다고 생각해. 그래서 복수를 하시려는 건지 몰라도 내게서 츠토무를 빼앗

으려고 하셨어. 츠토무를 모유로 기르는 데 반대한 것도 그 때문이야, 내가 츠토무에게 젖을 줄 때마다 자기가 진 것을 인정하는 게 되니까.

—아주 옛날 이야기를 꺼내는군.

—그만큼 한이 깊은 거야. 아무튼 이제 한계에 도달했어. 어차피 츠토무는 사립 중학교에 넣을 거니까 전학이랄 것도 없어. 별거해. 어머님이라면 걱정 없어, 그렇게 건강하신걸. 생활비는 보태 드리면 되고, 무슨 일이 있으면 그건 그때 일이야—.

이 이야기의 발단이 된 것은 아버지의 승진이었다. 급료가 오른다. 그러니까 따로 살아도 할머니의 생활비를 지원할 여유가 생긴다. 끊임없는 트러블을 안은 채 양쪽 모두 삭막한 기분으로라면 과연 함께 있을 필요가 있을까?

없다—고 츠토무는 생각했다.

그래서 부모님의 제안에도 찬성했다. 다만 원래 집에서 너무 멀리 가지 않는다는 조건을 걸었다. 손자인 자신이 최소한 그 정도도 주장하지 않으면 할머니가 너무 불쌍하다는 생각이 들었기 때문이다.

'매일 놀러 올게.' 츠토무는 말했다. 할머니는 조용히 웃고 있었다.

츠토무는 인간들 중에는 어떻게 해도 공존할 수 없는 타입이 있다는 것을 열두 살이 되어서야 알았다. 그것은 죄가 아니다. 어쩔 수 없는 일이다. 바나나와 밤은 같은 정원에 심을 수가 없으니까.

그러나 이따금 '셋이서 사는 거야. 아버지와 이야기해서 그렇게 정했어. 너도 찬성해 주는 거지?'라고 말할 때의 어머니 얼굴을 떠올리면 정말 우울해졌다.

어머니는 기쁨을 감추지 않았다. 그것은 좋다. 그런 때에 남의 눈치 따위는 볼 필요 없고, 또 어머니가 솔직해져서 좋았다.

하지만 '찬성해 주는 거지?'라는 물음에, 츠토무가 아주 잠깐 주저하사 어머니의 눈에서 번개처럼 재빠르게, '너 어느 쪽에 붙을 거야?' 하는 힐난의 빛이 스쳐간 것은 괴로웠다.

—너, 주저하는구나. 이 이상 대답을 지체하면 엄마는 너를 용서하지 않아. 왜냐하면 너는 내 아들이니까.

그때 어머니의 속마음은 보이지 않는 손을 뻗어 정확하게 츠토무의 뺨을 때린 것이다.

오늘 아침 트럭 짐칸에 올라탄 후 포장이 내려지고 배웅 나온 할머니의 얼굴이 보이지 않게 되었을 때, 거의 맹세에 가까운 엄숙한 기분으로 츠토무는 생각했다.

어른이 되면 가능한 한 빨리, 가능한 한 얼른 집을 나가자—고.

지금 츠토무는 구월 늦더위의 열기에 둘러싸인 채, 적당한 때가 오기 전까지 부모님과 함께 살 집 앞에 서 있다.

2

이사는 순조롭게 진행되었다. 오후 세 시가 지나서는 대부분의 짐이 정해진 장소에 들어가 있었다.

츠토무의 방에 가구를 넣어 준 사람은, 그 젊은 일꾼이었다. 티셔츠가 땀에 젖어 등에도 가슴에도 찰싹 붙어 있다. 그를 도와 이리저리 돌아다니다 보니 츠토무도 곧 비슷한 상태가 되었다.

작업하면서 이야기를 나누는 동안 츠토무는 그와 아주 비슷한 고민을 하고 있음을 알아차렸다. 둘 다 드문 성씨인 것이다.

츠토무의 풀 네임은 '岫勉'. 한 번에 '사코 츠토무'라고 읽은 사람은 지금까지 아무도 없었다.

"대개 아주 고민하다가 '야마타니 군' 따위로 불러."

파이프 침대를 조립하면서 그는 크게 웃었다.

"나도 처음에 고객 전표를 봤을 때 그렇게 읽었어."

그의 이름은 '오니가와라 겐지'라고 한다. 이번에는 츠토무가 깜짝 놀라 넘어질 뻔했다.

"겐지는 건강하다 할 때 '겐健' 자에 관리의 '츠카사司'. 성은 그대로 '오니가와라鬼瓦 '도깨비무늬 와당'이라는 뜻'라고 써. 그대로 읽으면 실례라고 생각하는지, '기가와라 씨입니까'라고 하더군."

그는 츠토무가 생각한 대로 아르바이트를 하는 학생이었다. 츠토무도 잘 아는 대학의 경제학부 이학년이라고 했다.

창가에 책상을 고정하자 제법 그럴 듯해졌다. '좋은 방이네.' 겐지는 말했다.

이층 끝에 있는 남향 방으로 햇볕이 잘 든다. 창에서 내려다보이는 동네에는 빽빽이 집이 들어서 있지만, 큰길과 떨어져 있어서 그런지 소음에 시달릴 것 같지도 않았다.

바닥은 쪽매붙임 세공으로 되어 있고, 벽에는 엷은 초록색 천이 달려 있다. 지은 지 십오 년 된 이 집을 샀을 때, 츠토무의 부모님은 내장 공사에 사백만 엔 정도를 들였다. 돈을 들인 보람이 있었는지 집 내부는 새 집 같아 보였다.

"이런 좋은 방을 쓰게 됐으니 공부를 열심히 해야겠구나."

츠토무는 살짝 웃었다. "어쨌든 내년에는 입시니까."

겐지는 부스스한 눈썹을 치켜 올렸다. "헛. 꼬마야, 사립 중학교에 가려구?"

"응."

"엘리트구나."

"그런가."

"이 주변은 다 그래."

그가 자신 있게 단언하기에 츠토무는 의아한 표정을 지었다. 그러자 겐지는 웃으면서 덧붙였다. "우리 집도 이 동네야."

"정말? 우연이네."

"여기서 걸어서 오 분 정도. '야마쇼'라는 수제 센베 가게야."

"사러 가면 깎아 줄 거야?"

"약삭빠르긴."

아래층에서 '차 드세요' 하는 목소리가 들려왔다. 츠토무는 아쉬웠다. 겐지와 둘이서 조금 더 이야기하고 싶었다.

"여기 시원한데" 하고 말해 보았다. "게다가 아직 정리도 다 안 됐고—."

겐지는 싱긋 웃었다. "차 받아 가지고 올까?"

츠토무도 싱긋 웃어 보였다. "내가 갈게."

차가운 캔 커피를 두 개 들고 돌아오니 겐지는 스프링이 드러난 침대에 걸터앉아 양손으로 얼굴에 손부채를 부치고 있었다.

차가운 커피는 단번에 목구멍을 미끄러져 내려간다. 저도 모르게 한숨이 새어 나올 정도로 맛있었다.

"꼬마, 왠지 시무룩해 뵈는데."

겐지는 츠토무의 얼굴도 보지 않고 그렇게 말했다. '예리하군' 하고 생각하며 츠토무는 놀랐다. 이런 일을 하면 사람을 보는 눈이 생기는 걸까.

"이사하기 싫었어?"

츠토무는 고개를 저었다.

"전학하는 게 귀찮아?"

"조금."

"희귀한 성이니까 아이들이 바로 기억해 줄 거야." 그가 쓴웃음을 짓는다. "아마, 내가 졸업한 초등학교에 다니겠군. 삼층 과학실 옆 화장실에 들어가서 가장 안쪽 칸을 들여다봐. 내 사인이 남아 있을 테니까."

그때 마침 창문 아래에서 자동차 엔진을 회전시키는 소리가 크게 들려왔다. 한 번이 아니라, 몇 번이고 몇 번이고 집요하게 반복한다. 시끄럽군, 하면서 내려다보니 옆집에 차체가 낮고 운전대가 왼쪽에 달린 차가 한창 차고로 들어가는 중이었다. 이 집 남쪽은 벽돌담을 사이에 두고 이웃집 간이 차고와 접하고 있었다.

"정말 서툴군. 저래선 차가 울겠다."

겐지는 목소리를 낮추려고 하지도 않고 거침없이 내뱉었지만, 운전자는 주차에 열중한 나머지 얼굴을 들 기색도 없었다. 십 분도 더 걸려서 엔진을 몇 번이고 공회전시킨 끝에야 겨우 차를 넣었을 때는, 보고 있는 우리가 다 안심할 수 있었다.

"밤중에 이런 일을 당하면 신경질 좀 나겠군."

겐지가 안됐다는 표정으로 말했다. 츠토무는 운전석에서 나온 젊은 남자가 키를 짤랑거리며 옆집 안으로 사라져가는 것을 지켜보며 진절머리 난다는 일굴로 고개를 끄덕였다.

나쁜 예감이라는 것은 언제나 들어맞기 마련이다. 그날 밤, 츠토무는 엔진의 공회전 소리에 잠이 깼다.

또다. 빠르기도 하다. 옆집에서는 오늘 낮과 똑같은 짓을 하고 있다.

—저런 실력으로 잘도 면허를 땄군.

얇은 이불을 덮고 가만히 참고 있으니 겨우 소리가 멈추었다. 츠토무는 완전히 잠에서 깨어 오줌이 마려워졌다.

아직 익숙하지 않은 집이라 난간을 잡고 신중하게 계단을 내려갔다. 화장실은 북쪽 구석에 있어서 부엌을 가로질러야 한다.

하지만 불을 켤 필요는 없었다. 새 집에 맞춰 주문한 커튼이 이삿날을 맞추지 못하는 바람에 창문에서 가로등 빛이 새어 들어왔기 때문이다.

계산 착오는 그것만이 아니었다. 이미 도착했어야 할 전화기도 희망한 기종이 품절되어서 내일이 지나야 입고된다고 했다. 이 두 가지 때문에 어머니는 화가 단단히 났다.

—뭐, 괜찮아. 침실에는 덧문을 달으면 되고, 전에 살던 사람이 남기고 간 전화기가 있으니까 임시로 그걸 쓰자고.

아버지가 그렇게 구슬려도, '전부 다 새것으로 갖추고 시작하고 싶었는데' 하며, 계속 뾰로통해 있었다. 어머니는 완벽주의자다.

전에 살던 사람이 남기고 간 전화기는, 과거를 회고하는 것을 아주 좋아하는 NHK의 연속 TV소설에 나올 법한 물건이었다. 땅딸막한 검은 본체에 다이얼식 전화로 수화기가 무겁다. 벨소리도 물론 요즘처럼 부드럽지 않다.

전화기는 부엌에 있는 붙박이대 위에 놓여 있었는데, 츠토무가 옆을 지나갈 때 갑자기 찌르릉 하고 울렸다.

츠토무는 흠칫 놀라 발을 멈추었다.

전화는 그 후 침묵했다. 다시 울릴 기색이 없다.

잠시 생각하다가 츠토무는 콩 하고 제자리걸음을 해 보았다. 전화는 다시 찌르릉 하고 울렸다.

뭐야. 진동 때문에 울린 거구나. 구식이라서 그런가.

내장 공사를 할 때 화장실도 종래의 일본식에서 비데로 바꾸었다. 상당히 기분이 좋은 장치지만 작은 일을 볼 때는 필요가 없었고, 변기 옆에 붙어 있는 조작 패널이 상당히 과장되어 보여서 낯설었다. 츠토무는 히죽거리면서 화장실을 나왔다.

그 순간 선 채로 꼼짝 못하고 무의식중에 '꺄' 하는 소리가 나왔다.

츠토무는 부엌과 세면장을 잇는 짧은 복도에 서 있었다. 그곳에서는 정면의 부엌과 그 건너편 거실을 볼 수 있다. 거실에는 금색 테두리의 커다란 거울이 달려 있다. 원래 벽에 걸어야 하지만, 어제는 거기까지 손을 쓸 수가 없었기 때문에 옷장에 기대어 세워 놓았다.

그 거울에 희미하게 사람 그림자가 비치고 있었다.

남자다. 하얀 셔츠. 얼굴은 보이지 않는다. 바지는 짙은 색이지만, 발치가 흐릿해서 잘 보이지 않는다. 마치— 마치—.

유령과 같이.

눈을 크게 뜨고 이를 악물고 잠옷 소매를 꼭 움켜쥐고 바라보고 있
으니, 사람 그림자는 조용히 양손을 올려 손바닥을 츠토무 쪽으로 향
하고 수위를 살피는 듯한 몸짓을 했다. 거울 속에서 빠져나오려는 것
처럼 보이기도 했다.

츠토무는 반걸음 뒷걸음질 쳤다. 그때 느닷없이 전화가 울리기 시
작했다. 부엌 천장에 반사되어 울리는 요란한 벨소리에 지지 않을 만
큼 큰 소리로 츠토무는 이번에야말로 비명을 질렀다.

분주한 발소리가 나더니 위층에서 아버지가 내려왔다. 불을 켜고
뻣뻣하게 굳어 있는 츠토무를 한번 흘끗 보고나서 전화를 받았다.

"네? 뭐라구요? 잘 안 들립니다."

잘못 걸린 전화였다. 수화기를 놓은 아버지와, 잠옷 앞섶을 여미며
계단 모퉁이에서 이쪽을 내려다보고 있는 어머니가 동시에 물었다.

"무슨 일이야?"

츠토무는 겨우 팔을 들어 거울을 가리켰다.

"유, 유, 유—."

하지만 유령이라는 말을 채 끝내기도 전에, 그곳에는 이미 아무것
도 비치지 않고 있다는 사실을 깨달았다.

3

다음 날은 전학생으로서의 첫날이었다.

지금 츠토무는 전에 다니던 학교에서 국경을 넘어 이 학교로 온 이
주민 같은 처지다. 시민권을 얻을 때까지는, 그야말로 여러 가지 점에

서 타협해야 한다. 불안한 기분도 당분간은 견디지 않으면 안 된다.

하지만 겐지의 말대로 삼층 화장실의 제일 안쪽 칸을 들여다봤을 때 약간 긴장이 풀렸다. 벽에 '귀면참상도깨비 얼굴이 찾아온다는 뜻'이라는, 폭주족이나 할 법한 낙서가 있었다. 낙서라고는 해도 조각칼로 벽에 새긴 것이 분명했다. 비좁은 화장실 안에서 이렇게 귀찮은 글자를 또 박또박 새기고 있는 겐지의 모습을 상상하며 츠토무는 아주 즐거운 기분으로 화장실을 나왔다.

수업이 끝날 무렵에 '우리 집에 놀러오지 않을래?' 하고 권하는 새 친구가 생겼지만, 아쉽게도 거절하고 곧바로 집으로 돌아갔다. 어머니가 미리 당부를 했기 때문이다.

오늘 아침 일찍 전자대리점에서 새 전화기가 들어왔다고 집으로 연락이 왔다.

"엄마는 오늘 은행에도 가고 구청에도 가야 해. 미안하지만 집에서 대리점 아저씨를 기다려 주지 않겠니?"

어머니가 부탁한 대로 츠토무는 집을 지켰다. 게다가 자기 방 정리 까지 했다.

어제의 일은 츠토무의 안에서 꿈인지 착각인지도 모를, 막연한 것으로 바뀌어 있었다. 기억을 떠올려보아도 무섭지 않았다. 그래서 넓은 집에 혼자 있어도 이렇다 할 느낌이 없었다.

그것은 뭐였을까, 이상하다고 생각했다.

오늘 아침 이야기를 했을 때, 부모님은 '베개가 바뀌어 흥분해서 꿈이라도 꾼 거야'라고 해석했다. 이럴 때, '바뀐 것은 집이지, 베개는 바뀌지 않았어' 따위의 억지소리를 하면 어머니는 발끈해서 화를 내기 때문에 츠토무도 '그런가' 하고 대답해 두었다.

전자대리점 직원이 온 것은 세 시 반쯤이었다. 연신 미안하다고 하면서 전화기를 설치하고 나서 어머니께 잘 말씀드려 달라고 했다.

"저 오래된 전화는 어떻게 할래? 아저씨가 가져갈까, 아니면 인테리어 대신으로 그냥 놓아둘까? 골동품 같아서 재미는 있겠다."

그 제안에 마음이 언뜻 움직였다. 요즘 이런 기종의 전화기는 흔치 않다. 자기 방에 장식하는 것도 좋을 거라 생각했다.

"가져도 될까요?"

"되고말고. 갖고 가 봐야 그냥 버릴 뿐이니까."

츠토무는 검은 전화기를 들고 이층으로 올라가 작은 정리함 위에 자명종과 나란히 놓았다. 이렇게 놓으니 내 방 전용 전화가 있는 듯 보여서 제법 근사했다.

그렇다고 해도 더러웠다. 전에 이 집에 살던 사람은 전화기를 바지런히 청소하는 사람은 아니었을 것이다. 다이얼 안도 거무스름하게 변해 있었고, 본체와 코드도 손때와 먼지로 뿌옇게 되어 있었다.

장식용으로 쓰기 위해서는 청소가 먼저다. 물걸레와 매직클린을 가져와서 닦기 시작했다. 그러는 동안에, 이런 낡은 전자제품 안에는 바퀴벌레가 기생하는 일이 있다는 이야기를 떠올리고는 훗날 어머니에게 잔소리를 듣지 않기 위해서 기계 안쪽도 점검해 두는 편이 좋겠다고 생각했다. 청소기로 깨끗하게 먼지를 빨아 내면 괜찮을 것이다.

본체 뒤쪽에는 넓적한 패널이 여덟 개의 플러스 나사로 고정되어 있었다. 이것을 열면 된다.

츠토무는 손재주가 좋은 편이라서 드라이버를 다루는 것이 아버지

보다 능숙하다. 오 분 정도 지나 패널을 떼어낼 수 있었다.

전화기 안쪽은 츠토무가 상상한 만큼 먼지투성이는 아니었다. 어느 정도 밀폐도가 높지 않으면 자주 고장 나니까 당연한 걸까.

열어보고 나서야 비로소 알았지만, 전화기의 구조는 의외로 단순했다. 다기능 전화기를 현대인에 비유한다면 이 전화는 베이징원인北京原人 급의 물건이니까. 구조가 간단한 것은 당연하다.

계속 관찰하는 동안에 묘한 느낌이 들었다.

뭔가 이상했다. 아무리 생각해도 부자연스럽게 보이는 기계가 들어가 있었다.

그것은 크기도 모양도 딱 성냥갑 두 개를 나란히 가로로 늘어놓은 정도의 검은 상자였다. 재질은 플라스틱. 장방형 한쪽 끝에 코드가 두 개 뻗어 있고 그 끝에 악어입 집게가 하나씩 붙어 있다. 그 악어입 집게가 전화기 본체 안에 있는 빨간 코드와 하얀 코드를 각각 물고 있다. 다른 부분은 고정되어 있지 않았다. 즉, 이 작고 검은 상자는 악어입 집게 두 개만으로 전화기의 안에 설치되어 있는 것이다.

가슴 안쪽을 누군가 작은 손으로 두드린 것처럼 츠토무는 가슴이 철렁했다.

작고 검은 상자는 어떻게 봐도 전화기에 원래 있는 장치는 아닌 것 같다. 쓸데없는 것이다. 게다가 악어입 집게가 무리하게 들어가서 빨간 코드와 하얀 코드를 집고 있는 모양이 왠지 음험하다고 할까—.

—사약……이 아니고, 사악한 느낌이야.

그렇다. 별로 좋지 않은 의도가 느껴진다.

—이거…… 혹시…….

도청기?

집 안의 공기가 돌연 싸늘해졌다.

4

수제 센베 가게 '야마쇼'는 금방 찾을 수 있었다. 하지만 멍하니 걷다가는 자칫 지나쳐 버리기 쉬운 작은 가게다.

가게 앞에는 옛날 잠수부 헬멧같이 생긴 커다란 유리그릇이 몇 개쯤 놓여 있고, 그 안에 둥근 센베가 가득 들어 있었다. 자그마한 진열장 안에는 상자에 담긴 것도 있었다.

입구에 들어서니 숨이 막힐 듯한 열기가 불어 왔다. 가게 안이 작은 제조 공장이다.

가게를 지키는 여자는 겐지의 어머니였다. 츠토무 같은 손아래 방문객은 정말 의외라는 듯 '어머나' 하고 놀라며 안으로 들어갔다.

잠시 후 등장한 본인은 아무래도 방금 전까지 자고 있었던 모양이다.

"오늘은 오랜만에 쉬는 날이야." 겐지는 연예인 같은 소리를 한다.

"대학은 노상 쉬는 날이잖아."

겐지 어머니는 신랄하게 되받아치며 츠토무에게 보리차를 내 주었다.

"영리하게 생긴 아이네" 하며 눈을 가늘게 뜬다.

"실수로라도 우리 겐지에게 가정교사 같은 걸 부탁하지 마. 구구단도 제대로 못 외우니까."

"세수하고 올게." 겐지는 퇴각했다.

"덥지? 우리는 안에서 숯불을 쓰거든."

겐지의 어머니는 옆에 있던 부채로 츠토무를 부쳐 주었다. 응석 부리는 느낌이 들어서 기분이 좋았다.

"오래된 가게네요."

"그렇지도 않아. 여기에 정착한 건 종전 후니까."

"그 '종전'은 러일전쟁이지?" 겐지가 돌아왔다. 털썩 주저앉는다. "무슨 일 있어? 또 시무룩해 보이는데."

대꾸할 만한 말이 떠오르지 않았기 때문에 츠토무는 약간 당황했다.

"저기…… 그 집에서…… 그, 전에 살던 사람 것으로 보이는 낡은 서류를 발견했어요. 그래서, 어떻게 할까 해서."

'그 집?'이라는 얼굴을 한 어머니에게, 겐지가 츠토무 일가가 이사 온 이야기를 해 주었다.

"아, 미쓰이 씨 댁으로 이사 온 아이구나." 겐지의 어머니는 바로 알아차렸다. "겨우 살 사람이 나섰나 보네, 그 집도."

아무래도 츠토무는 제대로 된 방향으로 상담을 하러 온 것 같다.

"전에 살던 주인이 미쓰이 씨인가요?"라고 넌지시 물었을 뿐인데, 겐지의 어머니는 머릿속 정보 수집함의 뚜껑을 열어 주었다.

"혼자 사는 할아버지였는데, 작년 초봄에 돌아가셨어. 욕실에서 쓰러지셔서—가정부가 발견하고 병원에 옮겼지만 그때는 이미 손을 쓸 수 없었지. 심장이 잘못되었다더구나."

거기까지 말한 후, 어머니는 살짝 츠토무의 기분을 신경 쓰는 듯한 얼굴을 했다.

"벌써 여든다섯이나 되셨으니까. 저세상으로 가시는 것도 자연스럽지. 특별히 이상하게 돌아가신 것도 아니고. 정말이야, 신경 쓸 것 없단다."

츠토무는 그게 고개를 끄덕였다. 겐지의 어머니는 상냥한 사람이구나.

"계속 혼자 사셨지?" 겐지가 말했다. "자식은 어딘가 딴 곳에 살고 있었다던가?"

"맞아. 가와사키 쪽일 거야. 나도 미쓰이 씨 장례식을 도우러 갔을 때 만났을 뿐이니까 확실하진 않지만."

"뭐, 유족이 집을 판 것이 틀림없으니까. 매매 계약서를 보면 상대방 주소는 알 수 있겠지? 연락해서 어떻게 하면 좋을지 물어보면 될 거야. 꼬마의 아버지와 어머니는 계약 때 그분들과 만났을 테니."

"미쓰이 할아버지, 어떤 분이셨어요?"

"어떤 분이셨냐……. 아주 평범한 보통 할아버지였어."

"무슨 일을 하셨어요?"

"그냥 할아버지였어. 여든다섯이었으니까."

겐지는 웃음을 터뜨렸다. "옛날에 뭐 했는지 묻잖아."

"아, 그러니?"

어머니는 안쪽 작업장으로 몸을 돌리고 큰소리로 외쳤다.

"아버님, 저기, 4초메의 다다미 집 근처에 미쓰이 씨 댁이 있었죠? 그집 영감님, 옛날에 어떤 일을 하던 사람인지 기억하세요?"

한 호흡 두고 쉰 목소리의 대답이 돌아왔다.

"선생."

비틀어 던지는 듯한 말투다. 츠토무는 무심코 겐지의 거무스름한 얼굴을 올려다보았다.

"우리 할아버지야."

목을 뻗어 보니, 숯에 불을 피운 특대 생선구이 그릴 같은 화로 앞에 러닝셔츠 바람으로 목에는 수건을 걸친 노인이 책상다리를 하고 앉아 있다. 얼음 집게를 커다랗게 만든 것 같이 생긴 도구로 이따금씩 센베를 뒤집고 있지만 움직이는 것은 손끝뿐, 눈은 반쯤 감고 있어서 선잠이 든 것처럼 보였다.

그 입이 다시 열리고, 또 한마디 쏘아붙였다.

"사범학교 선생이었지. 맘에 안 들어."

어머니가 이쪽을 돌아본다. "……라고 하시네. 들었지?"

"네."

츠토무는 머리를 긁적였다. 조금 더 물어보고 싶은데 어떻게 질문하면 좋을까.

"미쓰이 씨는, 저어, 뭔가 비밀스러워 보이는 사람이었어요?"

겐지와 어머니는 얼굴을 마주보았다.

"글쎄……. 틀어박혀서 살던 사람이었으니까."

"네가 발견한 '서류'에 뭔가 이상한 거라도 적혀 있었어?"

츠토무는 애매하게 고개를 끄덕여 보였다. "잘은 모르겠지만……."

어머니는 성미가 급하다. 부채로 겐지의 머리를 한 대 치고,

"겐, 너 애랑 같이 가서 잠시 보고 와."

"그러는 편이 좋겠군." 겐지도 일어섰다. 그리고 츠토무가 무의식 중에 호흡을 삼켜 버릴 듯한 말을 했다.

"혹시 미쓰이 할아버지가 전쟁중에 진짜 스파이 생활을 했으면 어쩌지. 회고록을 써 놓았을 수도 있어." 전쟁중은 물론, 돌아가실 때까지 스파이었을지도 모른다고 츠토무는 생각했다. 그러는 참에 센베 굽기에 여념이 없던 영감님의 소리가 또다시 들렸다.

"그놈 정체가 이토 리쓰_{일본공산당 지도자. 소련 스파이 사건 수사에서 특고에 동료의 이름을} _{팔았다가, 이후 당을 배신한 스파이로 몰려 제명당함}였던 게 아닐까?"

밖에 나와서 츠토무는 물었다. "이토 리쓰가 누구야?"

겐지는 웃었다. "신경 쓰지 마. 우리 할아버지는 때때로 엄청 아카데믹한 개그를 날리거든. 일산화탄소 탓인가."

농담도 츠토무네 집에 도착할 때까지였다.

"사실은 서류를 발견한 게 아니야. 이거."

그렇게 털어놓고 전화기 내부에 붙어 있었던 불가해한 작은 상자를 보였다.

"이거 도청기지?"

겐지는 차렷 자세를 취했다.

"정말로 이토 리쓰처럼 되어 가는군······."

5

겐지의 친구 중에 이 분야에 정통한 사람이 있다고 해서 작고 검은 상자는 일단 겐지에게 맡기고, 그날 밤 츠토무는 부모님과 저녁을 먹으면서 잠시 '탐문'을 해 보았다.

부모님의 말로는 돌아가신 할아버지의 이름은 미쓰이 고지로. 이

집을 상속한 것은 외동아들인 아키라라는 사람인데, 부인과 두 자녀와 함께 가와사키 시내에 살고 있다. 규모가 큰 컴퓨터기기 회사의 기술자로 상당히 부유하게 사는 것 같다. 매매 계약을 하러 부인과 둘이 부동산에 왔을 때도 볼보에 타고 있었다고 한다.

"그 업계는 불경기를 모르니까." 아버지가 말한다.

그렇게 여유가 있으니, 이런 집이 있으면서도 부모와 떨어져 따로 살면서 아버지 시중을 들 가정부를 고용할 수도 있었을 것이다.

이 집에서 일했다는 가정부 이름까지는 츠토무의 부모도 몰랐다.

"왜 그런 걸 알고 싶어 하니?" 하고 반문하는 바람에 츠토무는 오히려 당황했다.

"그냥 조금 흥미가 있어서. 알고 싶지 않아? 전에 살던 주인이 어떤 사람인지."

그릇을 치우면서 어머니는 시원스레 대답했다. "지금은 우리가 여기 주인이야."

아버지는 신문을 읽기 시작했다. 츠토무는 조금 더 버텨 보았다.

"미쓰이 할아버지, 옛날에 선생님이셨대요. 아셨어요?"

"누구? 아, 여기 살던 영감님 말이로구나."

"응. 사범학교 선생님."

아버지는 신문 뒤에서 얼굴을 내밀더니 "호오" 하고 말했다. "오래된 단어를 배웠구나."

칭찬받을 정도는 아니다. 어떤 한자를 쓰는지는 모르니까. '社凡학교'인가 하고 막연히 생각했지만. 요즘 말로는 상업학교인가.

"그런데 엄격한 사람이었나 보더구나." 신문을 뒤척이면서 아버지는 말했다. "미쓰이 씨에게—아들 쪽—들은 바로는, 엄청나게 무서운 아버지였던 것 같으니까."

설거지를 하고 있던 어머니가 갑자기 끼어들었다.

"옛날에 특고가 미쓰이 씨를 추적한 적이 있었다던가 하지 않았어?"

아버지는 신문을 접었다. "맞아, 맞아. 그랬어. 술만 취하면 그때 이야기를 해서 난처하다고."

"돌아가신 미쓰이 할아버지가?"

"응."

"특고가 뭐야?"

부모는 잠시 서로를 마주 보았다.

"정식으로는 뭐라고 하더라?"

"글쎄."

"학교에서 배우지 않았어?"

츠토무는 고개를 저었다. "전혀."

"그럼, 신경 쓸 거 없어."

자, 목욕이나 할까, 라고 중얼거리며 일어서던 아버지는 덧붙이듯 한마디 했다.

"뭐, 특고라는 건 난폭한 스파이 같은 거야."

츠토무의 심장이 공중제비를 돌았다.

사전에는 이렇게 씌어 있다.

"《특고》특별고등경찰의 약칭. 구제舊制에서 사상범죄에 대처하기 위한 경찰. 내무성 직할로, 주로 사회운동 등을 탄압했다. 제2차 세계 대전 후 폐지."

츠토무는 잠들 수 없었다.

사회운동 등의 탄압을 했다는 '특고'라는 조직. 그 조직에 쫓긴 적이 있는 미쓰이 고지로라는 노인. 그리고 그 노인이 죽기 직전까지 살던 집 전화기에는 도청기가 달려 있다. 언제 누구와 연락을 하고 어떤 이야기를 했는지 낱낱이 감시당해 왔던 것이다―.

두 시간짜리 서스펜스 드라마라고 하기보다는, 'NHK 특집'같은 흐름으로 바뀌었다. 역사의 어두운 부분이 또 하나 부상하다―같은 것이다.

아니, 웃을 일이 아니다. 몸을 뒤척이다가 츠토무는 베개에 턱을 얹었다.

미쓰이 노인의 죽음은 정말로 자연사였을까?

갑자기 그런 생각이 드니, 소름이 쫙 끼쳤다. 자연사가 아니면 뭐야?

계획 살인.

왜?

미쓰이 노인은 아마 무언가를 알고 있었을 것이다. 타인에게 말할 수 없는 무언가. 그것도 국가적인 규모의.

그래서 감시받고 있었다. 그러다 살해된 것이 아닐까?

자기가 한 생각이 두려워져서 츠토무는 몸을 움츠렸다. 바로 그때 아래층에서 희미하게 발소리가 들렸다.

깜짝 놀랐다. 아버지? 어머니?

두 분 다 깊이 잠이 들면 진도3 정도의 지진으로는 눈을 뜨지 않는다. 침실에서 화장실이 가깝지도 않다. 저녁에 특별히 짠 음식이 나온 것도 아니니 물을 마시러 일어날 리도 없다.

자명종은 오전 한 시 사십 분을 가리키고 있다.

다시 희미한 발소리.

집 안이 아니다. 밖이다. 집 근처다. 누군가 우리 집 안에 몰래 들어오려 하고 있다.

목구멍이 바싹 말랐다.

미쓰이 노인이 정말로 집 안에 어떤 서류를 남겨 놓았다고 한다면? 노인을 죽인 누군가가 그것을 찾고 있다면?

츠토무는 퉁기듯 일어나 살그머니 침대에서 내려갔다. 무기가 될 만한 게 아무것도 없어서 삼십 센티미터 자를 집어 들었다. 이것도 세게 후려치면 제법 아프다.

살금살금 계단을 내려간다.

주문한 커튼이 아직 도착하지 않아서 아래층 방은 모두 밝다. 어젯밤과 똑같다. 츠토무는 계단을 다 내려간 후 걸음을 멈추고, 양손으로 자를 꽉 움켜쥔 채 주위 상황을 살폈다.

다시 무심코 어금니를 꽉 물었다.

어젯밤과 똑같은 광경이다. 거울 속에 하얀 사람 그림자가 떠올라 있다. 손바닥을 몸 앞으로 쑥 내밀고, 거울을 빠져나와 이쪽으로 오려고 하고 있—.

아니야, 달라. 사라졌다. 사라져 버렸다.

츠토무는 움직이지도 못하고 앙다문 이 사이로 숨을 들이마셨다가 토해 냈다가 하면서, 손이 아플 정도로 자를 세게 쥐고 있었다. 그러자 그때 갑자기 현관문이 열리는 소리가 들리고 현관등이 켜졌다. 츠토무는 그대로 돌이 되어 버렸다.

"뭐야, 츠토무. 자 들고 거기서 뭐 하니?"

아버지였다.

"누가 집 주위를 어슬렁거리는 발소리가 들리는 것 같아서."

아버지는 잠옷 차림으로 회중전등을 손에 들고 있었다.

"이사 온 지 얼마 안 돼서 그런가 아빠도 신경이 곤두섰는지 한 바퀴 돌아봤는데 아무도 없었어. 옆집 아들이 밖에서 돌아온 거였어."

츠토무는 겨우 한숨 돌리고 말했다. "그, 주차가 서툰 사람이죠?"

"그런가? 오늘은 차가 아니던데."

"그 사람, 옆집 아들이었구나."

아버지는 웃었다. "근처 철공소에서 일하는데, 차를 너무 좋아해서 급료는 전부 차에 쏟아 붓는다더군."

조금씩 마음이 진정되면서 아버지의 하얀 잠옷을 바라보다가 문득 어떤 생각이 떠올랐다.

"아버지, 집 주위를 돌아볼 때 거실 창문에 몸을 대고 안을 들여다봤어?"

아버지는 선선히 긍정했다. "응, 그랬는데."

"다시 한번 해 보실래요?"

의아스러운 얼굴을 하면서도 아버지는 츠토무 말대로 해 주었다. 대부분의 아버지란, 이유를 말하지 못하는 자식의 부탁도 묵묵히 들어주는 존재이다.

생각했던 대로 아버지가 거실 창문 너머에 서자 거울 속에 유령이
나타났다. 아무 일도 아니었다. 창밖의 사람 그림자가 거실 안에 있는
거울에 비쳤을 뿐이다.

돌아온 아버지에게 그것을 설명하고 두 사람은 웃었다. 그런데 한
바탕 웃은 후, 아버지가 말했다.

"하지만 어젯밤에는 밖에서 들여다보지 않았어."

6

다음 날.

학교를 마치고 '야마쇼'까지 뛰어가서 겐지에게 모든 것을 털어놓
았다. 질문할 짬도 주지 않고 지금까지 있었던 일과 자기 생각을 전부
이야기한 츠토무는 어깨를 들썩이며 숨을 몰아쉬었다.

"미쓰이 씨를 감시했던 누군가가 지금도 우리 집을 감시하고 있어.
그 집에서 살해당한 미쓰이 할아버지가 뭔가 남겨 놓았을지도 몰라!"

겐지는 잠시 침묵했다. 츠토무의 얼굴을 물끄러미 보고 있다. 그리
고—.

폭소를 터뜨렸다. 미안, 미안 하고 사과하면서도 계속 웃었다.

"뭐야?"

초조해하는 츠토무의 머리에 손을 얹고, 다른 한 손으로는 배를 잡
은 겐지는 다시 한번 '미안' 하고 말했다.

"나도 묘하게 심각하게 말했으니까 꼬마가 당황하는 것도 무리는
아니지. 너 머리가 좋구나. 혼자서 잘도 거기까지 사건을 부풀렸네."

일단 츠토무를 의자에 앉히고 나서, 겐지는 설명을 시작했다.

"내 친구 말로는 도청기가 틀림없대. 하지만 이런 타입은 아주 유치하고 초보적인 기계라고 하더군."

"유치—."

"응. 이것은 전화기 안에 장치되어 있지만 전화 대화를 도청하는 기계가 아니야. 전화기가 설치되어 있는 방 안의 음성을 잡아 전화 회선을 통해 보내는 거래."

"그러면 왜 전화기에 설치했어?"

"전원을 전화에서 공급받고 있으니까. 게다가, 생각해 봐, 그렇게 해 두면 도청하는 쪽은 자신의 수화기를 통해 들을 수 있잖아?"

츠토무는 천천히 고개를 끄덕였다.

"한번 전화기에 장치하면 그다음은 간단해. 먼저 상대에게 전화를 걸어 적당히 이야기를 하지. 그리고 전화를 끊을 때가 되면 타이밍을 잘 재서 상대가 먼저 끊게 해. 전화 회선은 수화기를 놓아도 이삼 초 정도는 이어져 있으니까. 잠시 '뚜— 뚜—' 하는 소리가 끊어지지 않잖아?"

"그렇네……."

"그 이삼 초, 그러니까 아직 회선이 살아 있는 동안에 이쪽에서 호각을 부는 거야. 체육 선생이 쓰는 것 같은 그런 걸 말이지. 그렇게 하면 그것을 신호로 상대 전화기에 설치한 도청기가 작동을 시작해. 그다음은 가만히 듣고 있으면 되는 거지."

그렇구나. 츠토무는 이해했다. 하지만 겐지가 왜 그렇게 웃었는지는 알 수 없었다. 아무튼 도청이라는 사실은 변함없으니까.

"그런데 말이야. 아까 말한 대로, 이건 아주 유치한 기계야. 커버할 수 있는 범위도 다다미 네 장 반에서 기껏해야 여섯 장 넓이까지가 한계. 그것도 장치한 선화가 있는 방에 텔레비전이나 라디오를 켜 놓으면 그 소리만 들려서 전혀 도움이 되지 않아. 게다가 작동시키기 위해서는 일일이 전화를 걸어야 하니까 생판 남의 집에는 쓸 수 없어. 번번히 '죄송합니다, 잘못 걸었습니다'라면서 전화를 걸 수는 없잖아?"

"들킬지도 모르고⋯⋯."

"맞아. 일부러 한 번은 집에 몰래 들어와서 전화기에 장치해야 하는데, 그런 것치고는 별로 효과를 볼 수 없는 도청기야. 지금은 훨씬 성능이 좋은, 전화기를 건드리지 않고도 제대로 도청할 수 있는 기계가 엄청 많아. 프로라면 당연히 그런 기계를 고를 테고, 이런 건 해당 사항 없다고 하더군."

츠토무의 머릿속에서 '특고'니 '모략'이니 '스파이'니 하는 단어가 사라져 갔다.

"하지만 지금 이 녀석은 미쓰이 씨 전화에 장치되어 있으니까."

"기계 자체는 아키하바라 전자상가에 가면 비교적 간단히 손에 넣을 수 있다더군. 값도 사오 만 정도. 설치도 간단하지? 악어입 클립으로 집기만 하면 되는 거니까. 문외한도 가능해. 나도, 꼬마도 가능하지. 문제는 누가 했느냐야."

츠토무는 고개를 들었다.

"친구한테도 물어봤어. 혼자 사는 할아버지 집에 이런 기계를 장치할 가능성이 있는 것은 누구일까? 하고."

츠토무는 관심을 보였다. "그랬더니?"

아주 조금, 겐지는 잘생긴 그 얼굴을 일그러뜨렸다.

"즉시 대답하더군. '가족이지'라고."

7

토요일 오후, 츠토무는 겐지와 함께 가와사키의 미쓰이가*를 방문했다.

이쪽이 아이라는 것이 운이 좋았던 모양이다. 미쓰이 아키라와 부인은 놀라긴 했지만 화를 내지는 않았다. 거실로 초대해서 이야기도 들어주었다.

활발한 느낌의 부부였다. 현관 옆에 테니스 라켓이 두 개 세워져 있었고, 차고에 있는 차 지붕에는 캐리어가 붙어 있었다. 아이들이 여름에는 서프보드, 겨울에는 스키를 싣고 달리겠지. 아웃도어파 가족이다.

미쓰이 씨는 반짝거리는 은테 안경을 끼고 있는데 때때로 검지로 밀어 올리는 습관이 있었다. 부인은 미인이었는데, 두르고 있는 앞치마에는 얼룩도 주름도 없었다.

츠토무의 이야기가 끝나자 미쓰이 부부는 당혹스러운 듯 시선을 마주하고 잠깐 동안 그대로 서로의 얼굴을 바라보았다.

"아니, 그런데……."

헛기침을 한 번 하더니 미쓰이 씨는 겨우 츠토무 일행 쪽을 돌아보았다.

"우리는 아버지 댁에 도청기를 설치하지 않았어."

"그럴 필요도 없었고." 부인도 이어서 말했다.

"정말로 도청기야?"

"틀림없습니다."

겐지가 실물을 보여 주면서 두 사람에게 설명한다. 주말이 되기까지 시간이 있어서, 실제로 이것을 집 전화기에 설치하여 실험도 해 보았다. 이 작고 검은 상자는 분명히 도청기다.

"어째서 이런 것이……."

미쓰이 씨는 안경을 벗더니 콧날에 손가락을 댄 채 고개를 숙여 버렸다. 츠토무도 할 말을 잃었다.

"실례를 무릅쓰고 드리는 말씀이지만." 손을 목 뒤에 대면서 겐지가 말했다. "실없는 이야기라고 생각하고 들어주십시오. 예를 들어 재산 분배 문제로 옥신각신한 적이 있어서, 아버지의 동향을 손에 넣을 필요가 있었다든지—아니, 이것은 정말 실없는 이야기입니다."

커다란 손을 흔들며 열심히 설명하는 겐지를 보고 미쓰이 부부는 또 다시 잠깐 얼굴을 마주 보고 나서 살짝 웃었다.

"그런 일 없어. 나는 외동아들이고 아버지에게 숨겨둔 자식도 없지. 아버지가 남긴 재산도 그 집뿐이고. 그것도 이렇게 땅값이 급등하지 않았으면, 유산이랄 것도 없을 정도였지."

한숨을 내쉬고—.

"아버지를 도청이라. 뭐 여든다섯이 된 부친을 혼자 살게 한 것은 나니까, 그런 냉정한 자식이라면 욕심에 사로잡혀 뭐든 할 것 같다고 생각해도 어쩔 수 없지만."

부인이 앞치마를 곧게 펴면서 일어나 주방으로 들어간다.

츠토무는 큰맘 먹고 말했다. "그건 아니에요."

"응?"

"그런 게 아니에요. 그건—저희 집도 똑같거든요."

츠토무가 집안 사정을 이야기하자 미쓰이 씨는 눈이 휘둥그레졌다.

"그러니까 냉정하다든지 그런 식으로 생각하는 게 아니에요. 아무리 노력해도 잘 안 되는 일이 있으니까요. 저희 어머니도 할머니와 떨어지니까 왠지 상냥해지신 것 같아요."

사실이었다. 츠토무의 어머니는 자주 할머니 집에 전화를 걸어 안부를 물었다. 내일 일요일에는 모두 같이 놀러 가기로 했다.

"그렇구나." 미쓰이 씨는 다정하게 말했다. 안경테를 밀어 올리며 잠시 생각에 잠겨 있다가 입을 열었다.

"아버지는 엄한 분이셨지. 어릴 때부터 저렇게 무서운 사람은 또 없을 거라고 생각했어. 지금 생각해 보면 아버지에 대한 콤플렉스가 지나쳤는지도 모르지만. 어쩔 수 없었어. 계속 함께 있다가는 내가 엉망이 되어 버릴 것 같았거든."

부인이 쟁반을 받쳐 들고 주방에서 돌아왔다. 홍차의 향긋한 냄새가 감돈다.

"아버지도 그만큼 다부진 분이셔서, 혼자인 편이 속 편하다고 하셨고. 가정부를 고용했을 때도 당신 일쯤은 스스로 할 수 있다며 처음에는 화를 내셨어. 완고한 사람이었으니까."

"왕래는 하셨습니까?" 겐지가 물었다.

"한 달에 한 번 정도. 우리가 간 적도 있고 아버지가 오신 적도 있었지. 오신다고 해도 여기서 차로 모시러 가야 했지만."

들어요, 하고 미쓰이 씨는 츠토무와 겐지에게 차를 권하면서 자신도 김이 나는 컵을 손에 들었다.

"마지막으로 만난 것은 돌아가시기 보름 정도 전이었나. 젓가락을 쥔 손이 미덥지 못하고 불안해 보였어. 잠시 우리 집에서 살지 않겠냐고—나로서는 큰맘 먹고 권해 봤지만 아버지는 완고하시니까. 깨끗하게 거절하시더군. 기분만은 팔팔하셨지. 옆집 아들의 운전이 서툴러서 주차를 한 번에 한 적이 없다, 밤중에 시끄러워서 잘 수 없으니까 큰소리로 혼을 내 주겠다는 일 따위를 말씀하셨어."

츠토무는 무심코 웃어 버렸다. 미쓰이 씨가 돌아가신 때는 작년 초봄이다. 옆집 아들의 솜씨는 일 년 이상 지나도 전혀 나아지지가 않았다는 얘기다.

"옆집, 여전해요. 공회전만 하고."

츠토무가 말하자 미쓰이 씨도 웃었다. 하지만 오래 웃지는 않았다.

네 사람은 묵묵히 홍차를 마셨다. 컵도 비었고 더 이상 할 얘기도 없어서 츠토무와 겐지가 작별 인사를 꺼내는 순간, 외출했던 미쓰이 씨 딸이 돌아왔다. 허둥지둥 뛰어 들어왔다.

"큰일이야, 빨리 옷 갈아입지 않으면 늦어 버려—어머, 손님?"

진흙이 묻은 스포츠웨어를 입었고, 예쁘게 그을려 있다. 미쓰이 부인이 변명을 하듯이 츠토무와 겐지에게 웃어 보였다.

"미안해, 이런 차림이라. 우리 장녀야. 주말에는 동네 커뮤니티 클럽 테니스 서클에서 코치를 하고 있어서—."

그때 츠토무는 그녀가 어떤 물건을 목에 걸고 있다는 사실을 깨달았다.

"아, 호각이다."

하얀 호루라기다. 체육 선생이 쓰는 것과 같은 녀석이다.

"어머, 이거?" 딸이 웃었다. "좀 대단하게 보이지, 멋지지 않아?"

그녀 이외의 네 사람은 호령을 받은 듯이 순식간에 서로를 마주 보
았다.

"왜 그래?"

미심쩍어하는 딸에게 미쓰이 씨는 물었다. "너, 그 호각 어디서 났
니? 샀어?"

그녀는 웃는 표정을 지었다.

"아니. 잊어버렸어? 이거 유품 정리 할 때 받았잖아. 할아버지 집에
있었던 거야. 뭐에 쓰는 걸까, 이런—어머, 정말 무슨 일 있어?"

8

돌아오는 전차는 만원이었고, 츠토무의 마음처럼 무겁게 나아갔다.

"그 도청기—미쓰이 할아버지가 스스로 달았구나."

츠토무는 창밖으로 눈길을 돌린 채 중얼거렸다. 겐지도 마찬가지로
눈길을 돌린 채 대답했다.

"그렇겠지."

"왜 그랬을까?"

"아마—실험해 본 게 아닐까?"

겐지는 츠토무의 머리를 통통 하고 두드렸다.

"나중에 아들 집 전화기에 달 생각이었겠지만. 그 전에 정말로 제대로 작동하는지, 제대로 붙어 있는지 집 전화기에 직접 시험해 본 거야. 그러다 그것을 떼 내어 아들 집에 설치하러 가기도 전에 돌아가셨어. 그래서 도청기가 그대로 남아 버렸겠지."

"왜 그런 걸까," 츠토무는 다시 한번 말했다. "어째서 도청기 따위를 설치하려고 했지."

이번에는 겐지도 대답하지 않았다.

그날 밤—.

잠들지 못한 채 그저 몸을 뒤척이고 있을 때 츠토무는 또다시 엔진 공회전 소리를 들었다.

정말로 못 하는구나……. 차도 고장날 것 같아……. 하지만 저렇게 해도 전혀 나아지지 않는다는 사실이 오히려 더 대단한 것일지도 몰라…….

그리고, 문득 생각이 떠올랐다.

—젓가락을 쥔 손이 미덥지 못하고…….

—시끄러워서 큰소리로 꾸짖어 주겠다고 했다.

그런 일이 있을 수 있을까?

도청기를 손에 들고 츠토무는 서둘러 계단을 내려갔다. 현관에서 밖으로 나가 옆집 차고로 뛰어나간다.

운전자는 간신히 주차를 끝낸 참이었다. 문을 열고 내린다. 츠토무는 목소리를 낮추어 "안녕하세요" 하고 말을 걸었다.

"으악!" 상대는 소리를 질렀다. 가로등 빛에 비친 그 얼굴은 정말로 놀란 것 같다. 틀림없이 옆집 아들이다.

"뭐야, 너."

"죄송합니다. 엔진 소리에 잠이 깼어요."

옆집 아들의 입이 삿갓 모양으로 비뚤어졌다. 큰소리를 치는 건가 했는데 의외로 이렇게 말했다.

"너무 골리지 마. 나도 일부러 그러는 게 아니야. 우리 차고는 비좁고—알고 있어, 제일 나쁜 건 내 솜씨지만. 하지만 주차가 서툴러도 면허는 딸 수 있어. 어쩔 수 없잖아, 손재주가 없으니까."

츠토무는 웃었다. "괜찮아요. 불평하러 나온 게 아니에요. 그런데,"

"뭐야?"

"전에 여기 사셨던 미쓰이 할아버지요, 그분에게 야단맞은 적 있죠?"

옆집 아들은 침묵했다. 츠토무는 그에게 잘 보이도록 도청기를 내밀었다.

"이거 본 적 있어요?"

상대의 두 눈과 입이 멋진 동그라미가 되었다.

"그거 아직도 전화기에 들어 있었어?"

생각한 대로였다.

"작년 삼월경이었어. 평소보다 늦은 시간에 귀가해서 차를 차고에 대고 나니, 미쓰이 할아버지가 창문을 열고 얼굴을 내밀더라고. 그 전 날 밤에도 실컷 호통을 치셨으니까, 나는 바로 달아나려고 했지. 그랬는데 할아버지가 잠시 와 보라고 손짓을 하는 거야. 뭔가 했더니—."

전화기의 패널을 떼 내고 이 작고 검은 상자를 설치하는 것을 도와
주지 않겠냐고 말했다고 한다.

"도와주면 앞으로 주차할 때 소유을 내더라도 못 본 척해 주겠다고
했어. 주차할 때마다 누가 내게 호통 치는 것은 싫으니까 알겠습니다,
하고 승낙했지만—."

뭔가 좋지 않은 느낌이었다고 한다.

"왜냐하면, 수상하잖아? 이것은 뭐냐고 물어도 할아버지는 '중요
한 실험이니까 모르는 편이 좋아' 같은 말을 할 뿐, 가르쳐 주시지 않
았어."

"중요한 실험……."

"그렇다니까. 게다가 그 할아버지, 젊었을 때는 뭔가 경찰에 쫓길
만한 짓을 했다고 이웃에서 들은 적이 있었고. 우리 집도 이 동네에서
오래 살았으니까, 그런 정보는 들어오거든."

작고 검은 상자를 다 설치하자 미쓰이 노인은 '이 일은 절대로 말해
서는 안 된다'고 명령했다고 한다.

"솔직히 말해서 겁났어. 할아버지가 돌아가신 건 그 직후야."

그 이후 옆집의 '풋내기 운전자'는 불안해서 견딜 수 없었던 것이다.

"그게 아직 전화기 속에 남아 있으려나, 뭐였을까, 이상한 목적에
쓰였다면 위험하겠지, 내 지문이 찍혀 있으니까—라는 생각이 들었
어. 진정할 수 없어서 어떻게든 해서 전화기를 손에 넣고 싶었어. 그
런데 빈집이 되었는데도 전화는 계속해서 저곳에 놓여 있는 상태였
고, 집은 야무지게 자물쇠로 잠겨 있지, 몰래 들어갔다가 잡히거나 하
면 큰일이지, 방법이 없어서 말이야"

그곳에 결국 츠토무네가 이사를 왔다.

"새 주인이 오면 그 전화기는 버릴 거라고 생각했지. 짬을 봐서 어슬렁거리며 계속 기회를 노렸어."

그것이 '수상한 사람 그림자'의 정체였다.

츠토무는 옆집 아들과 함께 바로 근처 다리 위까지 갔다. 작고 검은 상자를 강에 던져 버렸다.

"할아버지, 왜 내게 그런 짓을 시켰을까?"

"혼자서는 드라이버를 잘 쓸 수 없어서일 거예요."

수수께끼는 풀렸지만 역시 잠들 수 없었다.

츠토무는 침대에 반듯이 누워 천장을 올려다보며 어둠 속에 묻기 시작한다. 미쓰이 할아버지, 어째서 아들 집에 도청기 따위를 설치하려고 했어요?

전화로 실험해 보고 잘되는 것을 알았을 때 어떤 기분이었어요?

실험이 끝나고 나서 바로 옆집 형에게 다시 명령해서 도청기를 꺼내지 않았어요? 아드님 집의 전화기에 장치하기 위해.

천장을 향해서 츠토무는 눈을 깜박거렸다.

그런 짓, 할 수 없다는 걸 알았기 때문이 아닌가요?

전화를 걸어 누군가와 이야기한다. 그래도 정말로 알고 싶은 건 아무리 이야기해도 알 수가 없다. 전화를 끊은 후, 상대방이 전화가 놓여 있는 곳에서 옆에 있는 누군가와 이야기하는 것—

하지만 그것을 알게 되는 것은 정말로 무서운 일이다. 진실이 있으니까. 본심이 있으니까. 자칫하면 잔인한 모습을 하고 있을지도 모르니까.

　—잠시 우리 집에서 살지 않겠냐고 권했지만.

　그게 정말이냐고 물으면 "진심입니다"라고 대답해 주겠지. 하지만 네 본심은 어떠냐고 물으면 대답하지 않을 것이다.

　어이, 괜찮아. 상관없어. 바나나와 밤을 같은 정원에 심을 수 없으니까. 떨어져 있지 않으면 살 수 없는 조합도 있는 거야.

　어떻게도 할 수 없는 일은 있어.

　태어났을 때부터 따라붙어 다니는 읽기 힘든 희귀한 성姓처럼.

　아무리 연습해도 극복할 수 없는 서투름과 같이.

　어쩔 수가 없는 것은 있어.

　그래도 알아 줬으면 좋겠어. 같은 정원에 심을 수 없다는 사실에 대해 내가 쓸쓸해한다는 것을. 전화를 끊은 뒤 너는 그것을 알아들었을까?

　그것을 알고 싶어. 하지만 아는 것은 무서워.

　츠토무는 일어나 지금은 이미 장식품이 되어 버린 검은 전화기의 무거운 수화기를 들었다.

　헬로, 헬로.

　—들리세요?

　갑자기 어딘가에서 바람이 살며시 불어와, 츠토무의 머리를 쓰다듬고 갔다. 나이 든 사람의 손길처럼 가볍고 건조한 감촉을 남기고.

　츠토무는 돌아보았다. 아무도 없다.

　이번에야말로 그저 착각. 살짝 열어 놓은 창문으로 숨어든, 초가을 밤바람의 장난에 지나지 않았다.

배신하지 마

가가미 아쓰오는 잠옷 바람으로 이를 닦고 세수를 한 후, 수건에 손을 닦으면서 부엌으로 들어갔다. 2구짜리 가스레인지 앞에서는 미치코가 된장국을 휘젓고 있다. 그가 입속으로 우물우물 '잘 잤어'라고 말하자 부인이 물었다.

"달걀 넣을 거예요?"

"응."

미치코는 활기차게 돌아보며, 냉장고 문을 열어 달걀을 꺼냈다. 한 손으로 냄비의 테두리에 톡 하고 부딪어 달걀을 깬다. 그와 동시에 가스 불을 끄고 뚜껑을 덮는다. 이렇게 해 두고 삼사 분 기다리면 달걀이 가가미가 좋아하는 정도로 익는다.

거기까지 연속으로 한 동작에 끝내고 나서야, 미치코는 겨우 가가미가 하는 행동을 눈치 챈 듯했다.

"어머." 그녀는 낮은 목소리로 말했다. "오랜만이네요."

"응."

가가미가 대답하고 동쪽의 부엌 창문 옆에 술집에서 받은 작은 술잔을 놓았다. 수돗물보다 조금 농도가 짙은 액체가 이월 중순의 아침 해를 받아 술잔 아래 구석으로 굽어진 무지개를 만들어 내고 있다.

"어려워질 것 같아요?"

술잔에 눈길을 주면서 미치코가 물었다.

"몰라."

"분명한 게 있어요?"

"현재로서는 그저 변사야."

"그럼 사고일 수도 있겠네요."

"아니, 그건 아냐. 자살 가능성이 높아."

"다들 그렇게 생각한다는 거군요. 당신 말고는."

햇빛이 눈부셔서 가가미는 눈을 깜박거렸다. 미치코는 남편을 재촉했다.

"달걀이 너무 익어 버려요."

가가미가 조난 경찰서 수사과에 배속된 지 올해로 십오 년째이다. 살인 사건이 발생하면, 사건을 해결하고 범인을 체포하기까지 매일 아침 빠지지 않고 신주神酒 한 잔을 동쪽에 올리기 시작한 것은 그가 부장 형사로 승격하고 나서부터의 일이었다. 부장 형사가 된 지는 오 년째다.

최근 오 년 사이에 살인 사건이 분명한 것은 네 건이었다. 한 건이 강도, 두 건은 치정이 얽혔고 나머지 한 건은 술친구 사이의 다툼이 격화된 것이었다. 네 건 다 정말 어처구니가 없을 만큼 터무니없었지만, 사건으로서는 성립이 되었다. 해결까지 가장 시간이 오래 걸린 사건도 수사 시작 이 개월 후에는 신주를 바치지 않아도 되었다.

그 외에 가가미가 신주를 올리고 독단으로 수사에 뛰어든 사건이 두 건 있다. 하나는 십오 세 소녀의 실종 사건, 또 하나는 노파의 변사 사건이었다. 전자는 아직 미해결이지만, 행방이 묘연해진 소녀는 '이웃에서도 정평이 난 불량'이라 그녀의 부모조차도 본인의 의사로 가

176

출했다고 단정하고 있었다.

가가미는 소녀가 실종되고부터 열흘간 신주를 바쳤다. 하지만 열하루째 아침에 그만두었다. 불량소녀가 다시 돌아오는 것이 견딜 수 없다는 듯 그녀의 부모 형제가 이사해 버렸기 때문이다. 그 소식을 알려준 동료는 그의 어깨를 툭툭 두드리며 이렇게 말했다.

"가미 씨, 아무도 그 여자애 따위 신경 쓰지 않아. 찾으려면 좀 찾는 보람이 있는 인간을 선택하는 게 낫지 않겠어? 서로 바쁜 몸이니까."

분명 가가미는 그 외의 사건도 맡고 있었다. 조난 경찰서의 수사과원이라면 누구나 마찬가지겠지만 그도 다망한 몸이었다. 아무도 그녀를 찾으려 하지 않았고, 공식적으로는 '가출'로 마무리된 사건을 계속 추적하는 것은 불가능하다. 그것은 알고 있었다. 그래도 그날은 하루 종일 화가 나 있었다.

다른 한 건인 노파 변사 사건은 한때 심부전에 따른 급사로 처리되었지만, 사실은 살인이었다. 팔십 세의 노파는 벌써 팔 년이나 누워지내던 상태였는데, 가족이 안락사시킨 것이다.

가가미는 고인을 돌보던 그 집 주부의 팔에 희미하게 할퀸 상처가 있는 것을 알아채고, 유족으로부터 눈을 떼지 않고 있었다. 그 사실을 깨닫자 주부는 침착함을 잃었다.

그녀가 남편에게 이끌려 서에 출두한 것은 가가미가 신주를 바치기 시작한 지 사흘째 되던 날이었다.

'시어머니가 부탁하셨습니다.' 주부는 말했다. '편하게 해 달라고.'

그런데 노파는 막판에 마음이 바뀌어, 베개로 질식당하면서 저항하다가 주부의 팔을 할퀴었다. 그녀의 조사를 끝낸 밤, 가가미는 상당히 취했지만 입 안의 기분 나쁜 뒷맛을 지울 수 없었다.

동쪽에 올리는 신주의 낫 때문일는지도 모른다.

이른 아침의 역은 춥다. 가가미가 이용하는 소부선線 긴시초 역은 북쪽에 바람을 막아 주는 건물이 없어서 유난히 한기가 몸에 잘 스며든다. 전차가 올 때까지 계단 아래에 몸을 숨기고 있는 통근객도 있을 정도다.

가가미의 바로 옆에는 모자와 장갑과 목도리로 무장한 여자가 코끝을 새빨갛게 물들인 채 문고본을 읽고 있었다. 직접 짠 것 같아 보이는 빨간 장갑을 보고, 가가미는 신주를 바친 계기가 된 젊은 아가씨를 떠올렸다.

그녀는 뜨개질을 한 적은 없었던 것 같다. 울 마크가 붙은 캐시미어 목도리에 고급 송아지 가죽 장갑을 끼고 손을 중앙선 쪽으로 축 늘어뜨린 채 쓰러져 있었다.

그녀의 이름은 오우라 미치에. 21세 4개월. 긴자 7초메의 화랑에 근무하고 있었다. 어젯밤—그렇다, 도쿄 전체가 들떠서 흥청거리기 시작하는 목요일 밤늦게 귀가하던 도중 자택 근처의 육교에서 추락하여 사망한 것이다.

2

'코포 이토' 앞에 니시나 고지가 추운 듯 어깨를 움츠리고 서 있다.

양손을 주머니에 넣고 이리저리 발을 동동 구르는 모습을 보면, 벌써 한 시간은 기다린 것 같았다. 가가미가 말을 걸며 다가가자 하얀 입김을 커다랗게 토해 내면서 인사를 했다.

"집주인에게는 말을 해 놓았습니다. 유족은 오후가 되어야 도착한다고 합니다."

"그 아가씨 고향은 어디였나?"

"나가사키입니다."

"직행편이 있지?"

"네. 하지만 자택에서 공항까지 차로 두 시간 정도 걸린다고 합니다. 그쪽도 큰일이지요."

'코포 이토' 는 이 층 목조 아파트인데 옛날에 만들어진 건물과는 다르다. 크리스마스 케이크 위에 얹어놓은 설탕으로 만든 집 같은 모양의 지붕. 외장은 크림색 사이딩 보드로, 창문과 흰 난간이 있다. 계단의 맨 앞쪽에 목제 우편함이 여섯 개 있고, 203호 함에 '오우라' 라는 이름이 있었다.

가가미는 우편함을 열어 보았다. 텅 비어 있다.

니시나가 즉시 말했다.

"신문은 구독하지 않았다고 합니다."

가가미는 텔레비전 프로그램표가 없어서 곤란하지 않았을까 생각했다.

"어디 올라가 보자구."

가가미는 앞장서서 계단을 올라가기 시작했다.

오우라 미치에는 어젯밤 오전 영시 이십 분경에 사망했다. 신고를 받고 가가미 일행이 현장에 급히 출동해 보니, 그녀의 죽음은 세 가지 가능성으로 짐작할 수 있었다. 자살, 타살, 사고사.

제일 먼저 '사고사'의 가능성이 사라진 것은 현장의 육교 난간이 높고 튼튼하게 만들어져 있었기 때문이다. 작정을 하고 뛰어넘거나, 상당히 강한 힘으로 타인이 밀치지 않는 한 난간을 넘을 수 있을 것 같지 않았다. 탄력으로 넘었다는 가능성은 버려도 된다.

그렇게 되면 자살이나 타살, 어느 한쪽이다.

문제의 육교가 있는 곳은 사차선 간선도로로 야간에는 교통량이 훨씬 줄어들지만 다들 제한속도 이상으로 달리고 있다. 미치에는 운 좋게 차와 차 사이에 떨어졌기 때문에 이차 사고를 일으키지 않았지만, 그 대신에 그녀가 떨어지는 장면을 목격한 것은 현장에서 십오 미터 정도 앞 교차로에서 신호를 기다리던 택시 한 대뿐이었다.

운전수는 기겁을 하고 그때 태우고 있던 손님 두 명과 함께 차에서 뛰쳐나왔다. 그들이 달려가 보니 미치에는 엎드려 쓰러져 있었고, 머리 아래에서 피가 서서히 배어나와 번지고 있었다고 했는데, 구급차가 도착할 무렵에는 그마저도 멈추어 버렸다. 구급 대원은 그녀의 사망을 확인하고 빈차로 돌아갔다.

운전수와 손님 둘은 미치에 외에 다른 사람의 기척은 없었다고 했다. 누군가 있었으면 분명히 알아챘을 것이라고도 했다. 물론 도망치는 발소리도 듣지 못했다.

"그 여자는 스스로 뛰어내렸어요. 틀림없다니까요." 운전수는 단언했다.

하지만 현장의 육교는 길 이쪽과 건너편의 계단 방향이 달라서, 세

명이 서 있던 지점—즉 미치에가 쓰러져 있었던 곳에서는 길 반대쪽으로 내려가는 육교 계단이 보이지 않는다. 그들이 볼 수 있는 것은 길 이쪽의 계단뿐이었다. 그래서 세 사람이 미치에에게 정신이 팔려 있는 사이에, 그곳으로 누군가 달아났을 가능성도 있다. 발소리 정도는 구두를 벗으면 바로 없앨 수 있으니까.

게다가 육교 난간에는 방풍용 함석판이 설치되어 있었다. 위에 누가 있더라도 몸을 굽히면 그곳에 숨을 수 있다.

아직 반반이다.

그러나 또 한 가지, 육교 위 미치에가 떨어진 지점으로 보이는 장소에 그녀의 하이힐이 가지런히 남겨져 있었다—는 정황이 더해졌을 때, '자살'의 가능성이 갑자기 높아졌다. 하이힐 옆에는 핸드백도 놓여 있었고, 안에 들어 있던 지갑의 현금은 그대로였다.

"하지만, 하지만 말입니다. 이 정도라면 그녀를 밀어서 떨어뜨린 범인이 계획적으로 꾸며 놓을 수도 있습니다. 너무 빨리 자살로 결론짓는 것은 위험하지 않을까요?"

어젯밤 니시나는 그렇게 주장했다. 상대는 가가미가 속한 수사반의 반장으로, 추위와 불편한 심기 때문에 얼굴을 붉히고 있었다.

"역시 본청에 연락해서 응원을 부탁하는 편이 좋지 않겠습니까?"

니시나가 그렇게 말을 꺼냈을 때 가가미는 팔꿈치로 슬쩍 찔러서 그의 입을 다물게 했다.

이 젊은 형사가 본청에서 내려와 수사본부를 조직할 만한 사건을 맡고 싶어서 몸이 근질근질하다는 것은 잘 알고 있다. 그러나 만일 본청이 관여한다면 그것은 '응원'이 아니다. 수사하는 것은 그들뿐이고, 이쪽이야말로 그들을 '응원' 하든지, 걸어 다니며 떠드는 인간 지도가 되어 길안내를 맡게 될 뿐이다.

가가미의 팔꿈치에 찔린 니시나는 불만인 듯이 볼을 부풀렸지만 일단은 입을 다물었다. 하지만 그가 정말로 이의를 주장하지 않게 된 것은 미치에의 백 속에서 당좌대월 마이너스 기호가 연속으로 찍힌 예금통장과 다종다양한 신용카드와 소비자 금융의 머니카드가 나왔을 때였다.

"뒤를 캐어 봐야겠지만, 어이, 가미 씨. 이것 봐. 앞날을 비관하기에는 충분한 빚이야." 붉은 얼굴의 반장이 말했다.

같은 백 안에 들어 있던 건강보험증을 보고 주소는 바로 알 수 있었다. 가가미는 '코포 이토' 203호에 발을 들여놓기 전에 일단 감식반을 불러서 내부 조사를 제안했다.

왜냐하면 미치에의 짧은 커트 머리는 말끔히 다듬어져 있었고, 강한 스프레이 향이 났으며 목덜미나 블라우스 안쪽까지 머리카락이 묻어 있었기 때문이다.

"금방 미용실에 다녀왔나 봅니다. 만일 방에 돌아온 후에 다시 외출했다면 실내에 짧은 머리카락이 떨어져 있을 겁니다."

도착한 감식은 1DK방 하나에 거실과 부엌이 있는 구조의 바닥을 청소기로 구석구석 빨아들여 채취한 먼지를 소중하게 들고 갔다. 결과는 오늘 오전 중에 나올 것이다.

그 후에 가가미 일행은 미치에의 방으로 들어갔다.

"유서가 있을지도 모르겠습니다." 니시나는 그렇게 말했지만 유감스럽게도 일은 그렇게 간단히 진척되지는 않았다. 하지만 어떤 의미로는 유서보다 훨씬 확실한 것이 많이 발견되었다.

그것은 각종 잡다한 소액 론의 독촉장과 카드 사용을 정지한다는 통지서 등이었다. 그중 몇 개에는 상당히 격렬한 어조의 문장이 씌어 있었다.

그녀가 그 돈을 어디에 썼는지는 실내의 가구나 옷장 안의 의상이 말해 주었다.

"그러고 보니 그 아가씨는 롤렉스를 차고 있더군요. 팔십만 엔은 나갈 겁니다."

그렇게 말하면서 작은 보석 케이스를 들여다본 니시나는 '대단한 걸' 하고 소리를 높였다.

"이쪽도 호화롭군요. 분명히 가짜는 없을 겁니다."

그 옆에서 들여다보던 가가미는 액세서리는 많지만 반지가 없다는 것을 깨달았다. 그 말을 하자 니시나는 고개를 갸우뚱했다.

"어째서일까요?"

"네 애인한테 물어 봐."

"네?"

"다른 건 스스로 사더라도 반지만은 당신에게 받을 테니까, 라고 대답할 거야. 오우라 미치에도 그렇게 생각했겠지. 부자연스러운 게 아니야." 일이 이렇게 되니 대다수의 의견이 '자살' 쪽으로 굳어지기 시작했다. 추가 수사는 필요할 테지만, 그것은 두 사람이 분담하면 될 것이다—.

가가미는 수사에 지원했고, 덤으로 니시나를 끌어들여 자신을 돕도록 했다. 그래서 오늘 아침에도 이렇게 둘이서 어깨를 나란히하고 '코포 이토'에 출근했다.

오늘 아침에도 가가미는 붙박이 신발장 위에 걸려 있던, 그저 아름
다울 뿐 의미가 없어 보이는 석판화가 맞아 주는 203호에 발을 들어
놓았다.

방 안은 깨끗이 정리되어 있었다. 고인이 꼼꼼하고 깨끗한 것을 좋
아하는 여자였다면 언제나 이렇게 정돈해 놓고 살았을지도 모른다.
죽고 난 후에 보기 흉하지 않도록 배려했다—고까지는 단언할 수 없
었다.

시각은 오전 여덟 시 삼십 분. 이 동네에서는 이십 분이면 도심으로
나갈 수 있지만, 그래도 '코포 이토'의 다른 입주자들은 대부분 출근
했을 시각이다. 그들에게는 오늘 밤 다시 한번 이야기를 듣기로 되어
있다.

여섯 가구 가운데 일층에는 부부들이 살고 있고, 이층에는 젊은 독
신 여성이 세 명 있다—아니, 있었다. 어젯밤 오전 영시 이십 분 이후
로 두 사람만 남았다.

어젯밤 미치에의 유해를 발견하고 나서 바로 203호 외의 다섯 세입
자를 방문했을 때에는 모두 집에 있었다. 누구 하나 깨울 필요가 없어
서 가가미는 놀랐다. 요즘 젊은 사람들은 정말 밤늦도록 자지 않았다.
사설 도로를 사이에 둔 낡은 집에 살고 있는 육십대 집주인 부부가 나
란히 잠이 덜 깬 흐리멍덩한 시선으로 나온 것과는 대조적이었다.

일층 부부들은 짜기라도 한 듯 전원이 결혼 일 년 이내의 신혼에 맞
벌이였다. 우연은 아니다. 집주인이 부동산에 그런 조건을 걸고 입주
자를 찾게 했을 것이다. 즉, 아이는 안 된다. 부부가 모두 일한다면 벌

이도 괜찮으니까 집세가 밀릴 걱정도 없다.

이층의 독신 여성 두 사람 중, 201호 아가씨는 대학생, 202호의 여자는 직장인이라고 한다. 201호는 바로 나왔지만, 202호는 나오는 데 시간이 걸렸다. 문을 쿵쿵 두드리자 안쪽에서 큰소리로 '죄송합니다, 지금 목욕중이에요!' 라는 대답이 들려왔다. 그때 복도에 선 형사들의 긴장된 뺨이 누그러졌다. 잠시 후 젖은 머리를 수건으로 감싼 그녀가 얼굴을 내밀었을 때, 니시나의 뺨이 다시 한번 누그러진 것을 가가미는 놓치지 않았다.

이른 아침부터 이곳으로 발길을 옮긴 이유는 유족이 도착하기 전에 다시 한번 꼼꼼하게 실내를 조사해 두고 싶었기 때문이었다. 부모 형제가 오면 그들이 무언가를—타인의 눈에 들어가면 죽은 딸의 수치가 될 것으로 생각할 무언가를 감추거나 버릴 가능성이 있다. 악의가 있어서 하는 행동이 아닌지라 무척 난처하다. 사건 관계자가 관여한 것이라면 그 전에 영수증 한 장이라도 전부 봐 두고 싶었다.

"이대로 사진을 찍어 잡지에 실어도 될 것 같은 방이네요."

실내를 둘러보면서 니시나가 중얼거렸다.

전체적으로 돈을 들인 것은 분명했다. 집주인의 말로는 미치에는 이곳에 산 지 삼 년째라고 하는데, 커튼이나 카펫, 현관 매트 등은 무엇 하나 새것과 다름없는 물건이었다. 색조를 통일해 놓았다. 막 새것으로 바꾼 참일 것이다. 이런 종류의 물건은 의외로 값이 비싸고 전자제품과 달리 낡아도 불편하지 않은데다 없으면 없는 대로 살 수 있기 때문에, 사려고 해도 그렇게 쉽사리 결단을 내릴 수 없는 것이 보통이다. 그런데도 보너스 시즌도 아닌 지금, 간단히 신품으로 갈아 치웠다는 것은 미치에가 방을 꾸미는 데 상당히 집착하고 있다는 증거다.

그 집착이 독촉장으로 변해 주인이 사라진 방에 잔뜩 남아 있다.

"이러기 위해서……" 가가미는 방을 손짓으로 가리켰다. "빌릴 수 있는 곳에선 돈을 마구 빌려 댔겠지."

"무대 뒤에서는 말이죠."

소나무 목재로 만든 낮은 침대 옆에 수입한 것으로 보이는 광을 낸 푸조 목재에 채색 타일을 넣은 아름다운 라이팅 뷰로writing bureau 서랍장처럼 생긴 책상으로 뚜껑을 열면 책상으로 쓸 수 있다가 놓여 있었다. 이런 것도 드라마에 나 나올 만한 물건이다. 가가미는 이삼 년 전부터 라이팅 뷰로가 정말 갖고 싶어서 가구점에 갔다가 가격이 너무 비싸 포기한 참이었기 때문에 새삼스럽게 눈이 휘둥그레졌다.

라이팅 뷰로는 말 그대로 장식물에 지나지 않았다. 미치에는 일기를 쓰지도 않았고, 책장에는 책도 거의 없다. 깔끔하게 꽂혀 있는 것은 잡지뿐. 커버를 씌운 책은 몇 권 있었지만, 펼쳐보니 별점 책과 여자 탤런트가 쓴 에세이였다. 그녀는 이렇게 훌륭한 라이팅 뷰로에서 책에 쓰인 안내대로 자신의 운명도라는 것을 그리고, 미래의 가능성을 탐색하고 있었을지도 모른다. 펜을 잡는 것은 그때뿐이었을지도 모른다. 가가미는 진지한 기분으로 생각했다. 그야말로 이 가구를 가장 사치스럽게 사용한 것일지도 모른다—고. 미치에는 잡지 취향도 엄격해서 구독하는 것은 두 종류밖에 없었다. 둘 다 찻집이나 레스토랑이나 부티크를 실제보다 훨씬 아름답고 세련된 느낌으로 찍어서 실어 놓았다. 재킷의 색, 스커트의 라인, 주말에 남자친구가 자신을 데리고 갈 가게의 이름까지 친절하고 자상하게 가르쳐 주어, 흡사 아파르트헤이트에 반대하는 록 뮤지션 같은 열의를 담아 지면의 건너편에서 말을 걸어 온다. 이렇게 하면 행복해진다. 이렇게 하면 아름다운 인생이 당신의 것—.

"아무것도 없네요. 남은 것은 빚의 냄새뿐."

끈기 있게, 때로는 바닥에 배를 깔고 엎드려 방 안을 수색한 후에 니시나가 그렇게 말하고 한숨을 내쉬었다.

"자식이 먼저 죽은 경우 부모가 유산을 상속받겠지요? 이런 빚은 어떻게 될지. 상속 포기를 할 수 있습니까?"

"방 안의 물건을 팔려고 내놓으면, 조금은 빚 갚는 데 보탬이 되지 않겠나." 가가미가 말했다.

미치에의 책장에 있던 『도쿄 정말 좋아!』라는 책을 팔랑팔랑 넘겨 보고 있을 때, 문 쪽에서 사람 목소리가 들렸다. 그녀의 부모가 도착했다.

작은 체구의 부부였다. 미치에의 키가 백육십삼 센티미터인 것을 보면 격세유전일지도 모른다. 얼굴은 부친과 닮은 것 같다.

부부는 울지도 화내지도 않았다. 유해는 아직 경찰 영안실에 있다. 지금부터 유해를 확인하러 간다기에 가가미도 오래는 붙들 수 없었다. 질문할 내용도 그리 많지는 않았다. 조금 이야기해 보니 부모가 떨어져 살던 딸의 생활에 관해 거의 아무것도 알지 못했기 때문이다.

기본적인 생년월일이나 학력, 이력을 확인했다. 고향에서 공립 고등학교를 졸업하고 열여덟에 상경. 원래는 입시 준비 학교에 다니며 이듬해 대학 시험을 볼 예정이었지만, 진로를 바꾸어 비서 양성 전문학교에 이 년간 재적. 현재까지 정규직으로 취직한 적은 없고 이른바

프리터정규직으로 일하지 않고 아르바이트만으로 살아가는 사람을 일컫는 말의 생활이었다고 한다.

그렇게 되면 다음은—.

"이런 때에 죄송합니다만 가능하면 답변해 주시기 바랍니다. 따님에게 자살을 할 만한 이유가 있었다고 생각되십니까?"

모친이 작은 눈을 움직이며 가가미를 올려다보고, 말없이 고개를 가로저었다.

"그러면 따님이 여기저기에 빚을 남겨 놓은 것은 아셨습니까?"

부부는 서로 얼굴을 마주 보았다. 부친이 "또 말입니까" 하고 중얼 거렸다.

가가미는 독촉장을 몇 통 보여 주었다.

"이전에도 이런 일이?"

"네, 있었습니다. 내역은 모릅니다. 모르지만 갚지 않으면 곤란해진 다고 전화가 와서—일 년 정도 전의 일입니다만. 그때 백오십만 정도 송금했습니다."

"백오십만입니까."

무심결에 반복해서 말한 가가미를 보며 모친은 선선히 고개를 끄덕 였다.

"집에 돈은 있습니다. 하지만 미치에에게 주자면 한이 없기 때문에 지갑 끈은 이쪽에서 쥐고 있었습니다. 그래도 큰 빚을 지면 갚아 줄 수밖에 없지요."

"집세는요?"

"저희들이 냈습니다. 생활비도 다소 보태 주었습니다."

"그러면 따님은 급료를……."

"전부 용돈으로 쓴 것 같습니다. 꾸짖어도 소용없었습니다. 도쿄는 돈이 드는 곳이고 돈을 쓰지 않으면 도쿄에 있는 의미가 없다고 자주 말했습니다."

3

오후가 되자 감식 보고가 들어왔다. 미치에의 집에서 채취한 먼지 속에서 그녀의 목덜미에 묻어 있던 자잘한 머리카락은 발견되지 않았다고 한다.

지갑 속에 들어 있던 고객카드를 보고 그녀가 다니던 미용실을 바로 알 수 있었다. 아오야마도리에 있는 상당한 고급 가게로 예약이 없으면 들어갈 수 없다. 미치에는 지난밤의 세 번째 손님이었다.

"새로운 머리스타일이 아주 마음에 든다고, 즐거워 보이는 얼굴을 했습니다."

미치에는 오후 여섯 시경에 미용실에 들어갔고, 아홉 시가 지나서야 머리가 완성되었다고 한다. 그날의 마지막 손님이었다. 가게 직원 중에 그녀의 친구가 있어서, 그대로 그들과 저녁을 함께 먹고 한 시간 정도 술을 마신 후 역 앞에서 헤어졌다고 한다. 시간적으로 그 후 다른 곳에 들렀을 가능성은 없다. 미용실 직원들과 헤어지고 나자마자 귀가하려고 했던 것이다.

다음으로 가가미와 니시나는 그녀의 근무처인 화랑으로 발걸음을 돌렸다. 사장을 대신해 경리를 맡고 있다는 삼십대 후반의 여자가 나

와서 이야기를 해 주었다. 미치에는 접수를 맡고 있었다고 했지만,

"보시다시피 여기는 규모가 작기 때문에 오우라 씨는 거의 하루 종일 앉아 있을 뿐이었어요. 가끔 잡지를 읽기도 했지만, 그 외에는 그저 멍하니 있었죠. 지루하지 않은지 제가 신경이 쓰였을 정도예요."

"아르바이트였습니까?"

"네. 여성용 구인 잡지에 광고를 냈답니다. 화랑이라면 왠지 세련된 느낌이 드는 탓일까요, 여러 명이 면접을 보러 왔어요. 하지만 어느 아이든 다 똑같아서요. 미술에 흥미가 있다든지, 공부를 하고 싶다든지 그런 목적이 있는 게 아니에요. 그저 사무직보다 왠지 멋지다―그뿐입니다. 어쩔 수 없이 그중에서 한 사람, 오우라 씨를 오라고 했습니다만 어쩐지 공기 같은 느낌의 아이였어요. 나쁜 의미로 말이죠."

"특별히 꾸짖거나 한 적은 없었습니까?"

"없어요. 딱 한 번 손님이 있을 때 화장을 고치기에 주의를 준 적은 있었지요. 그 후 이따금 손톱을 몰래 손질하기도 했지만 그때는 저도 포기했죠."

"그녀에게 자살할 만한 이유가 있었다고 생각하십니까?"

여자는 "글쎄요……"라고 말하고 시선을 돌렸다.

"그러면 다른 사람에게 원한을 살 만한 타입이었습니까?"

화랑의 여자는 얼굴을 들고 마음이 내키지 않는 말을 하게 만드는 것은 당신이야, 라는 눈초리로 가가미를 쏘아보고 나서 단숨에 대답했다.

"몰라요. 정말로 몰라요. 저같이 구식인 사람에게 오우라 씨는 이방인인걸요. 차려입는 거나 겉보기만 그럴듯하고 편한 일을 하면서 돈

을 받는 것—버는 게 아닙니다, 받는 거예요—맛있는 음식을 먹는 것. 그리고 그 모든 것을 보장해 줄 능력 있는 남자를 무는 것. 그것밖에 생각하지 않는 여자애였으니까요."

가가미는 약간 불쾌한 기분이 들었다. 하지만 질문한 것은 이쪽이다.

"그녀는 비서를 양성하는 전문학교를 나왔습니다. 뭔가 특기는 없었습니까?"

"아무것도 없었네요. 적어도 제게 보여 준 적은 없습니다."

화랑의 여자는 다부진 어깨를 으쓱하더니 숨을 토한 후, 가가미 쪽은 쳐다보지도 않고 말했다.

"그 여자애는 자살하기에도 너무 얄팍하다고 생각해요. 타인에게 원한을 사더라도—원한을 사서 미움받고 살해당한다고 해도, 끝까지 어째서 자신이 그런 지경에 처해야 하는지 전혀 이해하지 못할걸요."

가가미는 입 끝만 웃어 보였다.

"머리가 비었다는?"

"아니요, 그렇게 말하지는 않았습니다. 머리는 나쁘지 않은 것 같던데요? 단지 그 여자애는—그래요, 이차원적이었습니다. 카탈로그 잡지에서 빠져나온 것처럼요. 깊이도 없고 생활감도 없었죠. 의욕도 없고. 광고가 걷고 있는 느낌의 사람이었어요."

'코포 이토'의 세입자들이 귀가하는 밤 여덟 시 전까지 가가미와 니시나는 미치에의 주소록에 기재된 친구, 지인을 몇 명 방문해 보았다. 기재되어 있는 이름은 칠 대 삼의 비율로 남자가 많았다. 게다가 여자들 대부분은 같은 고등학교를 나온 후 상경하여 대학에 다니고 있거나 취직한 사람들로, 미치에와는 연하장을 주고받는 정도의 교제 밖에 없었다.

단 한 명의 예외는 그녀와 롯폰기의 디스코텍에서 알게 된 이십 세의 여사원이었다. 근무처가 신바시라서, 아주 가끔이지만 미치에와 점심을 먹은 적이 있다고 한다. 그래서 그런지 주소록에 그녀의 근무처 전화번호가 함께 실려 있었다.

"오우라 씨는 화려한 느낌이 드는 사람인데다 씀씀이도 좋았어요."

얌전하고 성실해 보이는 그 여사원은 곤란한 듯이 눈썹을 내리깔고 가가미의 질문에 대답했다. 그녀가 일하는 상사 건물의 로비에는 등 뒤로 사람들이 바쁘게 왕래하고, 엘리베이터의 문이 열릴 때마다 "땡" 하는 소리가 들린다.

"선물을 주기도 했습니까?"

"네, 점심도 사 주더군요."

"좋은 사람이었던 것 같네요."

"그렇죠." 그녀는 약간 씁쓸하게 웃었다.

"우리는 이게 일이니까 뭐든 이야기해 주시는 편이 좋습니다. 너무 신경 쓰지 마시구요." 가가미는 빙긋 웃어 보였다.

"오우라 씨는 우리 회사에서 일할 수 있도록 어떻게 잘 말해 달라고 제게 부탁했습니다."

가가미와 니시나는 얼굴을 마주보았다. 젊은 여사원은 얼굴을 가리고 웃었다.

"지금은 어디든 일손이 부족해서, 아는 사람의 소개라면 어떻게든 되지 않느냐면서 혼자 착각하더라구요. 난처하게……. 여사원의 경우에는 중도 채용 따위는 없고, 연고 채용이 거의 전부거든요…….”

“그렇지요.” 가가미는 끄덕였다.

“오우라 씨는 뭐랄까, 그런 식으로 세상물정을 너무 모르는 면이 있었어요. 어수룩하다고 할까, 뻔뻔하다고 할까. 세상에 있는 좋은 건 전부 자기에게도 권리가 있다고 믿었던 것 같아요.”

젊은 여사원의 말에는 무의식중에 자랑을 하는 듯한 우월감이 배어 있었다. 그녀가 젊고 귀여운 만큼 나비 가루가 손에 묻었을 때처럼 가가미는 불쾌한 기분이 들었다.

그녀와 헤어진 후 니시나와 둘이서 근처 우동집에서 저녁을 먹었다. 우동이 나오는 사이에 니시나는 가게에 비치된 조간과 석간을 들고 와서 팔락거리며 넘겨보고 있었다.

조간에서는 모든 신문사가 미치에의 죽음을 ‘자살인가?’하고 의문부호를 붙여 보도하고 있다. 석간에서는 대부분 더 이상 사건을 다루지 않았는데, 단 한 신문사만 그녀가 신용카드 회사에 거액의 빚을 지고 있다고 쓰면서 자살의 원인은 그것이 아닌지 넌지시 비추고 있었다. 기사 옆에 작게 얼굴 사진까지 실려 있다. 미치에의 부모가 제공했을 것이다. 긴 머리를 어깨까지 늘어뜨리고 똑바로 정면을 바라보는 사진이었다.

“머리스타일이 다르니까 다른 사람처럼 보이네요.” 니시나가 말했다.

오우라 미치에는 미인은 아니었다. 하지만 미인으로 꾸밀 수 있는 얼굴이었다. 사진은 그중에서도 잘 나온 것이다. 신문사에서도 그렇기 때문에 실었을지도 모른다. 중년 남자가 신용 파산을 해 봐야 재미도 뭣도 없지만, 젊은 여자라면 어떤 일이라도 화제성이 있다.

석간을 접고 나서, 니시나가 가가미 쪽을 뚫어지게 쳐다보았다.

"부장 형사님은 살인이라고 보시죠?"

가가미는 튀김 우동을 후루룩 먹을 뿐 대답은 하지 않았다.

"저, 부장 형사님."

덮밥 그릇을 놓고 이쑤시개를 쓴 후에 겨우 가가미는 말했다. "빚으로 죽을 만한 여자가 아니라고는 생각하고 있어."

"뻔뻔스럽기 때문입니까? 아니면 본가가 부자라서?"

"본가는 관계없어. 집이 아무리 부자라도 빚을 수치스럽게 여긴다면 한푼도 빌리지 않을 거야."

"그러면 어째서입니까?"

"오우라 미치에는 독촉장을 산더미처럼 보아도, 자신이 빚을 지고 있다는 실감을 못했던 게 아닐까. 그래서 태연했겠지. 독촉을 견딜 수 없을 정도가 되면, 귀찮으니까 부모에게 청산하게 한다. 그래도 질리지도 않고 다시 빌린다는 건, 그걸 빚으로 여기지 않기 때문이라고."

가가미는 고개를 갸우뚱했다. "현금 서비스인가, 카드 한 장으로 간단히 돈을 인출할 수 있는 시대야. 소액 무담보 신용 대출도 그래. 카드로 간단히 빌릴 수 있지. 머리를 숙일 필요도 없고 수치스러운 기분을 맛보지 않아도 돼. 아, 이렇게 편하게 자기 것이 되는 돈이라면, 처음부터 자기 돈이나 마찬가지다—라고 착각하는 젊은이가 나와도 어쩔 수 없다고 생각해."

'코포 이토'에 돌아간 것은 오후 여덟 시에서 십오 분 정도가 지났을 때였다.

"모두 안됐군요." 니시나가 말했다.

"뭐가 안됐나?"

"오늘은 황금 같은 금요일입니다. 그런데 우리가 탐문하러 가니까 집에 있어 달라고 당부하셨죠?"

"하룻밤 정도는 괜찮아."

일층의 부부들은 그 나름의 흥미를 보이며 협력을 해 주었지만 수확은 거의 없었다. 그들은 오우라 미치에를 몰랐고 그녀의 얼굴조차 본 적이 없는 사람도 있었다.

단 한 사람, 103호의 남편이 그녀의 이름을 듣고 뭔가 감이 온 것 같았다.

"아아, 그 머리가 길고 예쁜 여자 말이군요." 새댁이 남편을 째려보았다.

201호에는 방주인 외에 세 명의 손님이 더 있었다. 이십 세 정도의 남자가 둘, 여자가 하나. 모두 학생같이 보였다. 싸구려 위스키 큰 병이 탁자 한가운데에 떡 하니 놓여 있었고, 눌은 소스의 냄새가 났다.

"몬자야키도쿄에서 유래된 부침개 비슷한 일본 철판 요리를 만들고 있어요."

방주인인 젊은 여대생이 그렇게 덧붙였다. 여대생이라는 단어를 듣고 반사적으로 떠오를 타입이 아니라, 맨 얼굴에 동그란 안경, 짧은 커트 머리에 파마기도 없다. 커다란 눈동자가 흥미를 보이며 움직이고 있었다.

"오우라 씨 일 말이죠? 웃으면 안 되는데."

진지한 표정을 지으면서 말하는 그녀를 보고 가가미는 웃어 버렸다. "신경 쓰지 않아도 돼. 교제가 있었던 건 아니지?"

"네. 저랑 나이는 비슷했지만 인사도 한 적이 없어요. 그쪽은 직장인이었던 것 같고."

"그럼 어떤 사람이었는지 물어도 소용없겠군."

둥근 안경이 고개를 갸웃했다. "그렇죠, 뭐……. 예쁜 사람—아니, 예쁘게 하고 다니던 사람이었어요. 쓰레기를 버릴 땐 야무지지 못했지만."

"호오. 어떤 식으로?"

"이 지역의 쓰레기 수거차는 엄격해서, 타는 쓰레기는 종이봉투, 타지 않는 쓰레기는 비닐봉지에 넣어 내놓지 않으면 수거하지 않거든요. 그게 당연하지만요. 그런데 그녀는 규칙을 전혀 지키지 않고 항상 전부 섞어서 비닐봉지에 담아 쓰레기를 내놓았어요. 몇 번 본 적이 있어요. 타는 쓰레기를 내놓는 날인데 땅에 봉지를 내려놓을 때 쨍그랑 하는 소리가 들리더군요."

가가미 뒤에서 니시나가 뒷머리를 긁적이고 있다. 독신인 그도 그렇게 하는 모양이다.

"그러고 보니," 201호의 둥근 안경이 눈을 반짝거렸다. "아주 이상한 일이 생각나네요."

"어떤?"

"202호의 아사다 씨. 그녀가 오우라 씨가 버린 쓰레기를 뒤졌던 적이 있었어요."

가가미는 무심코 얼굴을 찌푸렸다.

"정말인가?"

"네. 한 달쯤―더 전이었나. 밤에 환기를 시키려고 창문을 열었다가 우연히 봤어요. 쓰레기 배출 장소가 바로 앞이거든요. 뭘 했는지 모르지만, 비닐봉지를 열고 안을 들여다 본 것은 분명해요."

"그게 오우라 씨의 쓰레기라는 걸 어떻게 알았지?"

상대는 쿡쿡 웃었다. "밤중에 쓰레기를 버리는 사람은 이층에 사는 저희 세 명밖에 없었고―아침에 늦잠을 자기 때문이지만―그중에서 언제나 비닐봉지를 쓰는 것은 오우라 씨뿐이니까요."

방 안에서 몬자야키의 연기 너머로 젊은 남자 목소리가 들려왔다.

"아사다 씨라니, 202호의 그 미인?"

"미인인 척할 뿐이야." 그녀의 옆에 앉은 여자아이가 말했다.

"맞아. 이층 세 집에는 미스 뷰티 콘테스트 베스트 쓰리가 살고 있는걸." 둥근 안경 여자아이가 웃으며 반박했다. 그리고 갑자기 긴장된 표정으로 가가미 쪽을 보며 말했다.

"그러고 보니 203호 오우라 씨와 202호 아사다 씨는 어쩐지 경쟁하는 느낌이 들었어요. 옷이라든지 액세서리라든지. 막연한 느낌이기도 하고 두 사람은 나이도 차이가 좀 나지만요."

감사의 말을 하고 그녀의 방을 나올 때, 가가미는 부엌 냉장고 위에 사르트르의 『실존주의는 휴머니즘이다』가 아무렇게나 놓여 있는 것을 발견했다.

"독서?" 그가 묻자 그녀는 웃으면서 끄덕였다.

"이해가 잘 돼?"

"네. 적어도 나는 이런 어려운 걸 생각하면서 살지 않아도 된다는 건요. 저보다 훨씬 전에 이만큼이나 생각해 놓은 사람이 있으니까요."

202호의 아사다 요고는 오늘 밤 말쑥하게 화장을 하고 있었다. 그대로 외출할 수도 있을 것 같이 차려 입고 있다. 테이블 위에는 커피 메이커가 있고 보온이 된 커피에서 좋은 향기가 퍼지고 있었다.

"수고하십니다" 하고 말하며 그녀는 가가미와 니시나를 방으로 들였다. 그녀의 방을 둘러본 후, 가가미는 이층 세 방이 전부 같은 배치라는 것을 확인했다.

준비성이 있는 요고는 컵을 데우기까지 한 것 같다. 커피를 대접받은 두 형사는 감사하면서 컵을 받아들었다. 니시나는 기분 좋은 얼굴을 하고 있었다.

아사다 요코는 삼십일 세. 컴퓨터 소프트웨어 판매 회사의 사무원이지만 근무한 지는 아직 반년. 전문대학을 나와 바로 취직한 기계 메이커에서 전직했다고 한다.

"회사를 옮기면서 이사 왔기 때문에, 이 방에서도 반년 정도밖에 살지 않았어요. 옆집 오우라 씨는 얼굴만 아는 정도로……. 전혀 교제가 없었답니다."

그래서 그녀의 사람됨 따위는 모른다. 사생활도 모르고, 하물며 자살의 동기가 있었는지 어떤지는 알 리도 없다고 한다.

요코의 방은 깔끔하게 정돈되어 있어서 기분 좋은 분위기였다. 가구나 커튼은 신품은 아니지만 싸구려도 아니다. 오래 써서 길이 든 느낌의 옷장이 방 안에서 가장 넓은 공간을 차지하고 있었다.

"좋은 옷장이군요."

가가미가 칭찬하자 그녀는 기쁜 듯 미소 지었다. "이 옷장은 너무 좁아서 옷이 다 들어가지 않아요."

"오우라 씨도 옷부자였습니다. 옷장에 꾹꾹 쑤셔 넣어 놨더군요."

"그러면 입을 때마다 다림질을 해야겠네요."

"그게 아니면 한 번 입고 바로 세탁소에 보내야겠지요." 가가미는 진지하게 말했다.

오우라 미치에와 다른 점은 두 가지 더 있었다. 책장에 꽂힌 책들의 종류와 벽의 걸린 그림이다. 책장에는 유행하는 소설이 꽂혀 있었고, 회화는 엷은 터치의 수채화. 구석에 펜으로 사인이 들어가 있다. "석판화는 싫어하십니까?" 가가미가 묻자 그녀는 눈살을 찌푸리며 고개를 저었다.

"그건 그냥 유행이에요. 요즘 대량으로 팔리고 있는 것은 모두 값싼 복제죠. 오리지널이라면 갖고 싶지만 모두가 석판화, 석판화라고 떠들고 다니면 정말로 그림을 좋아하는 사람은 김이 빠진답니다."

침대 발치에 등나무제 잡지꽂이가 있었다. 여성용 잡지는 찾을 수 없었고, 대신 「니혼게이자이日本經濟」 신문이 쑤셔 넣어져 있다.

가가미의 눈길이 그곳에 멈추자 요코는 즉시 말했다. "주식을 조금 샀어요. 돈을 벌어 보려는 게 아니라, 경제 공부를 하려구요."

가가미는 감탄했다는 얼굴로 끄덕이며, 상당히 예전에 딱 한 번 주식을 샀을 때의 체험담을 이야기했다. 먼 친척 이야기를 자기 이야기처럼 말한 것이다.

요코는 열심히 듣고 있었지만 왠지 침착하지 못한 느낌이었다. 이야기가 끝나자 화제의 방향을 바꾸려는 듯 니시나 쪽을 돌아보았다.

"깜짝 놀랐어요. 상당히 젊은 형사님이 계시네요."

"네?"

니시나는 얼빠진 목소리를 내고 당황해서 등허리를 꼿꼿이 폈다. 가가미는 웃었다.

"보시다시피, 아직은 한 사람 몫을 못 합니다."

"어쨌든 대단해요. 이런 사건의 수사를 담당하시다니." 니시나는 머리를 긁적였다. 가가미는 찬물을 끼얹는 듯한 어조로 말했다.

"뭐, 단순한 사건입니다. 아마 오우라 씨는 자살했을 겁니다. 구십 구 퍼센트 틀림없습니다. 저희들은 만약을 위해서 조사하고 있을 뿐입니다."

"자세히 조사하셨나요?"

"그야말로 얕보는 것 같습니다그려." 가가미는 웃었다. "현장도, 옆집 방도 조사했지요. 감식도 들어갔습니다. 방청소업자가 정중하게 청소기를 돌리고 방의 구석구석까지 들여다보았습니다. 조금이라도 수상하다 싶으면 저희는 그렇게 조사합니다."

요코는 불안한 목소리를 냈다. "하지만 그 사람은 자살할 만한 사람으로는 보이지 않았어요……."

"예쁜 분이셨지요."

"네, 정말로."

"개성적인 짧은 커트머리가 잘 어울렸지요."

"그랬죠." 요코는 끄덕였다. "요즘 파리에서 유행하는 스타일이래요. 오우라 씨는 유행에도 민감했어요. 언제나 생기발랄했죠."

가가미는 요코를 지긋이 쳐다보고 나서, 중얼거렸다.

"생기발랄하셨다."

"네, 자살이라니 믿어지지 않아요."

"젊은 여자가 사소한 이유로 인해 충동적으로 죽으려 하는 사례가 그동안 얼마나 많았는지 말씀드리면 더 놀라겠군요."

요코는 눈을 내리깔았다. 골똘히 생각하는 표정이다. 이윽고 얼굴을 들고 천천히 말했다.

"오우라 씨를 누군가가 덮쳐서 밀어 떨어뜨린 게 아닌가 생각했어요. 저기, 돈이 목적이 아니라, 젊은 여자를 따라다니면서 노리는 이상한 남자들이 늘어나고 있잖아요."

가가미는 크게 고개를 끄덕였다. "그렇지요. 저희도 그 가능성을 생각하고 있습니다. 그런 경우라면 아무리 작은 단서라도 찾아내 범인을 잡을 작정입니다. 도쿄가 뉴욕처럼 되어서는 곤란하니까요. 아사다 씨도 혼자 살면서 무서운 경험을 한 적이 있습니까?"

그녀는 웃는 얼굴로 고개를 저었다. "아뇨, 전 이래 봬도 아주 조심성이 많거든요. 이 방도 집주인에게 허가를 받아서 창도 문도 열쇠는 전부 이중으로 달아 놓았어요."

가가미는 그런 마음가짐을 칭찬하고 난 후에 물었다.

"그렇다면 부모님도 조금은 안심이겠군요. 본가는 어디십니까?"

"기타센주예요."

니시나가 '오호' 하는 소리를 냈다. "저는 가시와에서 다니고 있습니다. 본가가 도쿄 도내에 있었는데도 아깝게. 왜 나오셨습니까?"

요코는 어깨를 움츠렸다. "기타센주는 도내가 아니에요."

"그렇습니까. 이쪽이 도심에 가깝긴 해도 그만큼 집세도 비싸고……."

가가미가 끼어들었다. "이미지가 스마트하지 않으면 싫으시겠지. 저는 긴시초에 실고 있습니다만, 그곳 부동산에서 이런 이유로 젊은 이들이 싫어한다고 푸념을 하더군요."

"그렇군요. 정말이에요." 요코는 단호하게 말했다.

가가미는 천천히 일어섰다. "생각보다 오래 머물러 버렸네요. 커피 잘 마셨습니다. 모처럼의 주말 계획을 방해한 건 아닙니까."

요코는 의젓하게 웃었다. "가끔은 방에서 혼자 조용히 지내는 것도 좋아요. 오랜만에 태평하게 보냈는걸요."

"그러면 주말은 항상?"

"네, 맞아요. 이것저것 많죠." 요코는 눈동자를 빙그르르 움직였다. "놀 곳은 잔뜩 있으니까요."

"도쿄는 재미있는 동넵니다."

다시 한번 인사를 교환하고 나서 문 쪽을 향해 가던 가가미는 서둘러 뒤돌아보았다.

"그렇지. 203호에는 오우라 씨의 부모님이 와 계십니다. 따님의 유품을 정리하고 계실 겁니다. 만에 하나, 오우라 씨로부터 빌린 것이나 빌려 준 게 있으면 말을 해 주십시오."

요코는 방긋 웃은 다음, 우아하고 아름다운 동작으로 머리를 숙이고 '조심해서 가세요'라며 두 형사를 배웅했다.

계단을 내려와 밖으로 나온 후, 가가미는 니시나를 돌아보았다.

"자아, 잠복이다."

그리 오래 기다릴 필요는 없었다. 한 시간 팔 분 후, 202호의 문이 열리고 새빨간 스웨터를 손에 든 요코가 나와 203호의 문을 노크했다.

열린 문에서 보이지 않게 가가미와 니시나는 그녀에게 접근했다. 목소리가 들려왔다.

"네, 맞아요. 이것은 미치에 씨가 좋아하던 스웨터로—죄송합니다, 이걸 빌린 채 잊어버렸어요. 기억이 나서 다행이네요."

미치에의 모친의 하얀 손이 뻗어 나와 짙은 붉은색 스웨터를 움켜 쥐었을 때, 가가미는 재빨리 다가가 요코의 손과 그녀가 손에 든 스웨터를 붙잡았다.

요코는 뻣뻣이 굳었다. 크게 뜬 눈동자까지 얼어붙은 것 같았다.

"아사다 씨, 좋은 스웨터로군요."

가가미는 스웨터를 손에 쥐고 목덜미의 상표를 젖혀 보았다.

"고급 브랜드군요. 이런 제품을 취급하는 가게는 고객 리스트를 만들어 관리하고 있을 겁니다. 그렇지 않더라도 당신은 아마 신용카드를 쓰고 있을 테니까, 조사하면 바로 알 수 있습니다. 이 스웨터는 오우라 씨 것이 아니라 당신 것이라는 사실을요."

무슨 일입니까? 물은 것은 미치에의 모친이었다. 요코는 그저 맥없이 그 자리에 선 채 꼼짝 못하고 있다.

"아사다 씨. 왜 거짓말까지 해서 이것을 203호에 두려고 했습니까? 맞혀 볼까요? 왜냐하면 이 스웨터에는 오우라 미치에 씨의 머리카락이 묻어 있을지도 모르니까요. 그녀가 어젯밤 단골 미용실에서 커트했을 때 그녀의 옷에 묻은 머리카락이, 당신이 그녀와 몸싸움을 벌이면서 당신의 스웨터에 붙었을 수도 있고."

요코의 입술이 하얗게 질렸다.

"당신은 그녀의 머리카락이 붙어 있는 물건을 방에 두고 싶지 않았던 겁니다. 어쩌면 혹시라도 우리가 당신을 의심해서 당신 방을 샅샅이 조사할지도 모른다고 생각했고. 그렇지요?"

입술을 와들와들 떨며 요코가 잠긴 목소리로 말했다. "그녀는 자살했잖아요?"

"아뇨, 아닙니다. 그녀를 육교에서 밀어 떨어뜨린 것은 당신입니다. 계획적인 것은 아니었죠. 충동적으로 저지른 일이었습니다. 그렇죠? 그래서 당신은 계속 움찔움찔 하고 계셨을 겁니다."

요코는 옴짝달싹하지 않았지만 니시나가 천천히 걸음을 옮겨 가가미와 둘이서 그녀를 둘러싸는 위치에 섰다. 요코는 비난하는 눈빛으로 그를 올려다봤지만 니시나는 가만히 고개를 저었다.

"오우라 씨의 머리카락이 묻어 있을지도 모르는 스웨터라면 오우라 씨의 방에 돌려놓으면 된다. 당신은 그렇게 생각했겠죠. 하지만 아사다 씨, 이미 그런 짓을 해도 때가 늦었습니다. 당신은 커다란 실수를 저질렀으니까."

"무슨 실수요?" 요코가 물었다. 아이가 선생에게 질문할 때처럼, 호기심뿐인, 다른 뜻은 없는 말투를 가장하고 있었다.

"아까 당신은 오우라 미치에 씨의 짧은 커트머리를 지금 파리에서 유행하는 스타일이라고 했지요. 하지만, 그녀가 머리를 자른 것은 어젯밤 오후 아홉 시경의 일입니다. 그전까지는 신문에 나온 사진처럼 긴 머리였습니다. 그리고 그녀는 헤어스타일을 바꾼 후 아파트에는 돌아오지 않았죠. 끝내는 돌아오지 못했습니다. 그건 알겠습니다. 그녀는 돌아오는 길에 육교 위에서 살인자와 만나, 그에게 떠밀려 죽었다. 그런데 어떻게 당신이 그녀의 짧은 머리에 관해서 말할 수 있었을까요?"

한밤중, 취조실에서 아사다 요코는 겨우 입을 열었다.

"그 아이—미치에 씨, 옛날의 저와 아주 많이 닮았어요. 돈은 저보다 요란하게 썼지만 사는 모습은 똑같았어요. 예쁘게 차려입고 화장하고 주말은 놀러 다니고. 앞날 따위 전혀 생각하지 않아요. 좋은 남자나 얼른 찾아서 결혼하면 만사 오케이라고 생각했으니까."

하지만 그렇지 않았다.

"저, 그 여자애가 밉살스러워서 견딜 수 없었어요. 어떻게 살고 있는지 확인하고 싶어서—크리스마스에 그녀가 누군가에게 무엇을 받았는지 확인하고 싶어서 쓰레기봉투를 뒤진 적도 있어요. 밉살스럽고 샘도 나서 스스로도 어떻게 할 수가 없었죠. 왜냐하면 그 여자애는 젊으니까!"

당신도 아직 젊다. 취조하는 형사가 그렇게 말하자, 그녀는 웃었다.

"전혀 젊지 않아요. 젊음만으로 좋은 일이 생길 정도는 아니에요. 형사님, 지금 회사에서 저는 이미 아줌마예요. 누구도 돌아보지 않아요. 회사에서도 번화가에서도, 길을 걷고 있어도. 이미 길가에 널린 돌멩이 신세지요. 오우라 씨와 똑같은 옷을 입어도, 어떻게 화장을 해도 그녀에겐 이길 수 없어요. 그런 그녀가 옆에 있어요. 옆에서 살고 있어요. 옛날엔 저도 갖고 있었던 걸 그녀가 지금 전부 갖고 있어요. 그것을 세계 보란 듯 과시하죠. 저는 가만히 보고 있을 수밖에 없구요. 어떻게 해도 젊어질 수는 없으니까요! 즐거운 일 따윈 더 이상 아무것도 없어요. 모두 즐기고 있는데, 나는 그곳에서 벌써 쫓겨나 버렸어요. 두 번 다시 돌아갈 수 없어. 하지만 난 포기할 수 없었어요."

그날 밤—주말도 얼마 남지 않은 목요일 밤—.

"방에 틀어박혀 있는 것도 재미가 없어서 근처 편의점에 갔어요. 가는 김에 비디오가게라도 가려고 했어요. 거기서—그 육교 위에서 그녀와 마주쳤죠."

오우라 미치에는 머리를 싹둑 자르고 목덜미를 드러내고 있었다. 추운 듯이 목을 움츠렸지만, 그래도 빛나고 있었다.

"그 여자애, 짧은 커트 머리를 했어요. 그러면서 우쭐거리는 얼굴로 가슴을 펴고 걷고 있었죠. 모델 같은 차림새로, 정말 모델이나 탤런트 같이 보였어요. 그런데 나는 평상복에 편의점 비닐봉투를 들고 있고. 주말도 다 됐는데."

마주쳐 지나갔을 때 미치에는 미소 지으며 고개를 살짝 숙였다고 한다.

"무시당한 걸 그때 알았죠. 나를 깔보고 있었어요. 주말인데 어디 갈 곳도 없고, 아무도 초대해 주지 않는 불쌍한 아줌마. 나같이 짧은 커트를 하고 싶어도 이미 그런 모험도 할 수 없는 불쌍한 아줌마는 어디 가? 속으로 그렇게 말하면서 비웃고 있었어요. 확실히 알았죠."

"머리를 자르는 게 어째서 모험이지?"

묻는 형사에게 요코는 물어뜯을 기세로 대답했다.

"긴 머리는 내 마지막 보루예요. 예쁘고, 여자답고, 남자에게 사랑받는 여자의 마지막 증표죠. 젊으면—좀더 젊으면 잘라도 끄떡없어요. 하지만 나는 이미 나이가 들었고. 머리까지 자르면 여자이기를 포기해야 해요. 그 여자애는 그걸 알고 일부러 짧은 커트를 해서 내게 과시한 거야."

요코는 사라져가는 미치에의 등 뒤로 자기도 모르게 말했다. 닳아 빠진 계집애.

"그녀가 돌아보더군요. 그리고 말했어요, '뭐?'라고. 그래서 다시 한번 말해 줬죠. 그랬더니 얼굴이 새빨개지는 거예요. 그리고 소리쳤어요. 내게 소리쳤어요."

뭐야, 아줌마. 그렇게 말했다.

몸싸움을 벌이다가 정신을 차렸더니 미치에는 아래에 떨어져 있었다. 순간적으로 구두를 벗고 달아나, 집에 돌아와서 떨림을 진정시키려고 욕조에 들어갔다. 그러는 참에 형사가 왔다—.

"언제 알아차리셨습니까?"

형사실 구석에서 커피를 마시며 니시나가 물었다.

가가미는 아주 지쳐 있었다. 눈이 따끔거린다.

"사건이 일어나고 바로, 그 방에 탐문하러 갔을 때."

"그렇게나 빨리요? 믿어지지 않습니다. 어떻게 아셨죠?"

그날 밤 형사들이 문을 노크했을 때, 아사다 요코는 '목욕중이에요!' 하고 대답했다—.

"그렇습니다. 사실이 그랬잖아요?"

가가미는 커피잔을 놓았다.

"설사 정말로 그렇다고 해도, 혼자 사는 젊은 여자가 밤중에 느닷없이 누군가 문을 두드렸는데, '저 목욕중이니까 못 나가요!' 하고 대답할 리가 없어. 혼자 무방비한 상태로 있다고 선전하는 거나 마찬가지잖아. 아무리 상대가 경찰이라고 밝혔더라도, 그게 거짓말이 아니라는 증거는 없어. 목욕하고 있습니다, 같은 말을 해서 문 건너편의 남자에게 묘한 생각이라도 들게 하면 어쩔 거야. 어디 창문을 조금 비집어 열어 볼까—와 같이. 그런 때는 '잠시 손을 놓을 수가 없네요' 라고 대답하든지 조용히 무시하든지 둘 중 하나일 거야."

니시나는 생각에 잠겼다.

"그래서, 어라, 하고 생각했지. 이 여자는 오늘 밤 이 시각에 조급하게 문을 두드리는 남자가 있으면, 그것은 경찰이라고 예측했던 게 아닌가—하고 말이야."

결국, 가가미는 첫차로 귀가하는 처지가 되었다. 멍하니 차내 광고를 바라보고 있자니 여성 잡지 광고가 눈에 들어왔다.

'이제부터 큐트한 숏헤어의 시대!'

'메갈로폴리스 도쿄의 시티 나이트 크루징, 이제부터 추천하는 이 가게'

가가미는 창밖의 경치로 시선을 옮겼다.

메갈로폴리스 도쿄인가.

과연 도쿄라는 곳은 실재하는 걸까. 그런 것은 이런 종류의 잡지나 텔레비전에서 만들어낸 환상에 지나지 않는 게 아닐까.

젊은이들이 '그곳에 가면 누구든 행복해질 수 있다'고 꿈꾸는, 꿈 속에서만 존재하는 도시가 아닐까.

오우라 미치에는 나가사키 출신이었다. 아사다 요코는 기타센주에 서 태어나고 자랐다. 그리고 그곳은 '도쿄'가 아니라고 했다. 그래서 나왔다고 했다.

나가사키도 후쿠오카도 오사카도 고베도 나고야도 실체가 있다. 그 것은 그곳에 존재하고 있다.

하지만 도쿄에는 아무것도 없다. 무엇 하나도.

지도상의 도쿄에서 태어나고 자란 사람들에게도 사정은 전혀 다르 지 않다. 도쿄 사람에게도 '도쿄'는 보이지 않는다. 있는 것은 그저 기타센주나, 다바타나, 세타가야나 스기나미나 아라카와나 에도가와. 자신을 키워 준 동네뿐이다. 그곳에서는 아기가 울고, 어린아이들이 싸우고, 때로는 소녀가 행방불명되거나 노인이 안락사당한다. 맑음과 흐림이 공존하는, 보통의 동네와 보통의 삶이 있다.

하지만 '도쿄'는 환상이다. 모든 사람에게 공평한 환상이다.

밖에서 보면, 국제 도시, 정보 도시 TOKYO가 있다. 무한하게 돈을 벌 수 있는 도시, 엘도라도 도쿄가 있다. 지방에서 보면 꿈이 이루어 지고 부가 기다리는 화려한 삶이 약속된 도쿄가 있다.

그것은 어차피 허상이다. 밖에서만 볼 수 있는 움켜잡을 수 없는 도 시. 처음부터 어디에도 없는 도시.

잠깐 동안이라도 그곳의 주민이 되기 위해서는 젊지 않으면 안 된 다. 나이를 먹으면 이 도시에 있을 수 없어진다.

미치에도 요코도, 바꾸어 말하면 '도쿄'에 속았는지도 모른다. '도쿄'에서 '행복 사기'에 걸렸던 것이다.

'도쿄'는 무한정 돈을 공급해 준다. 즐거움을 공급해 준다. 결코 배신하지 않을 것 같은 얼굴로.

요코가 육교에서 밀어 떨어뜨린 것은 그녀를 배신한 '도쿄'였다.

귀가하자마자 곧장 부엌으로 가서 신주를 쏟아 버렸다. 대신 물 한 컵을 꿀꺽 비웠다.

미치코가 일어나 "수고하셨어요" 하고 말을 걸었다. 아내에게 등을 돌린 채 가가미는 가냘픈 목소리로 말했다.

"저어, 미치코."

"왜요."

"도쿄 타워의 정면이 어딘지 알아?"

미치코는 가만히 있었다.

"나는 어디서 봐도, 언제 봐도 도쿄 타워는 나한테서 등을 돌리고 있는 것처럼 보여."

미치코가 조용한 걸음으로 나와 가스레인지에 주전자를 올렸다.

"상관없잖아요. 어느 쪽이든 우리 집 창문에서 도쿄 타워는 보이지 않으니까."

조금 지나서 가가미는 겨우 슬며시 웃었다. 신주 냄새가 희미하게 남아 있었지만, 미치코가 된장국을 끓이면 그 냄새도 바로 지워져 버릴 것이다.

돌시네아에 어서 오세요

/

에이단 지하철 히비야선 롯폰기 역은 지상으로 펼쳐지는 거리의 돌연변이다.

그을린 듯한 벽과 콘크리트가 노출된 통로. 플랫폼의 조명은 물론 역 이름 표지판이나 구내의 광고를 뒤쪽에서 비추고 있는 형광등도 손님의 발길이 뜸한 가게의 네온처럼 칙칙하다. 여기는 계단의 위와 아래의 세계가 다른 것이다.

시노하라 신지는 매주 금요일 오후 일곱 시 정각에 이 역에서 내린다. 언제나 싸구려 재킷에 청바지, 운동화 차림이다.

그도 이 역처럼 존재감이 희미하다.

계단을 올라가 개찰구를 빠져나간다. 황금 같은 주말의 시작인 금요일을 롯폰기에서 만끽하려는 젊은이들로 역은 슬슬 붐비기 시작한다.

대부분은 젊은 샐러리맨이나 여사원들일 것이다. 학생도 많을지 모른다. 그들은 옷을 차려 입거나 혹은 명품을 몸에 걸치고 발걸음도 가벼이 밖으로 올라간다.

'지하철을 타고 오는 녀석에게 볼일 없다구' 하는 표정을 짓고 있는 거리에, '지하철 따위를 타고 여기 왔을 리가 없잖아' 라는 얼굴로 걸음을 내딛는 것이다.

번잡한 일상은 차표와 함께 역무원에게 건네줘 버렸다. 그다음은 그저 즐기면 된다. 또한 잠들 줄 모르고 지루한 일도 없는 이 거리에는 정말 '지하철 따위에 볼일 없는' 사람들로 넘치고 있다—.

그런 그들의 틈을 비집고 나온 신지는 개찰구 앞에 있는 메시지 보드로 다가간다.

대체로 약속 장소에 먼저 도착한 사람들이 메시지를 남겨놓았다. 만나기로 한 상대에게 토라지거나 화를 내면서 먼저 간다고 쓴 메시지도 있다.

신지는 분필을 손에 들고 비어 있는 공간에 메시지를 적어 넣는다. 내용은 언제나 똑같다.

〈둘시네아에서 기다릴게, 신지〉

그뿐이다. 상대방의 이름은 쓰지 않는다.

역에서 나온 신지는 하이유자 극장 쪽을 향해 걷는다. 미카와다이 공원 앞에서 왼쪽으로 꺾었다.

깜짝 놀랄 만큼 의외의 장소에 중학교가 있다. 바로 그 근처에 삼층짜리 아담한 건물이 있는데, 이층 창가에 〈미와三輪 종합 속기사무소〉라는 낡은 간판이 내걸려 있다.

신지는 이 사무소에서 테이프 녹취 아르바이트를 하고 있다. 시작한 지 어느덧 반년이 다 되었다.

미와 사무소에서는 속기로 하는 다양한 종류의 원고를 제작하고 있다. 테이프로 반입되는 경우도 있고 사무소에서 직접 현장으로 가 녹음해 오는 경우도 있다. 내용도 다채롭다. 강연회, 좌담회, 잡지 인터뷰 기사. 소설가와 계약해서 작품의 구술필기를 하는 일도 있다.

신지도 다양한 내용의 테이프를 녹취해 왔다. 다만 사무소의 판단으로 길이가 한 시간 내외인 것만 담당하고 있다. 신지는 아직 기술적으로도 미숙하고 실무 경험도 없어서 지나치게 긴 것은 힘에 부칠 수도 있고, 결과적으로 납기를 지키지 못하면 사무실로서는 하청 아르바이트를 고용한 의미가 없기 때문이다.

매주 금요일 저녁에 테이프를 받아와 그다음 주 금요일까지 마감한다. 완성한 원고를 건네주고 그다음 주에 작업할 테이프를 받는 식이다. 미와 사무소는 밤 여덟 시경까지 열려 있고 토요일에도 영업하지만, 신지는 이 리듬을 착실히 지키고 있다. 늦은 적은 한 번도 없다.

급료는 월말에 일괄 지불. 한 달에 테이프 네 개를 받으면 수입은 육만 엔 정도다. 신지의 경우 하청이라 일본속기협회에서 정한 협정 요금을 받지 못하는데다 실제 노동시간을 생각하면 결코 편한 장사는 아니다.

게다가 신지는 아직 속기학교에 다니는 학생이다. 고향에서 고등학교를 졸업하고 상경한 지 올해로 삼 년째다.

월요일부터 토요일까지, 오전 열 시부터 오후 다섯 시까지 속기와 워드프로세서와 문장작성 수업을 듣고 있다. 때로는 임시 강사로서 입문 코스 학생들의 수업을 담당하는 일도 있다.

자연히 테이프 녹취 아르바이트는 밤에 할 수밖에 없다. 밤늦게까지 일을 해도 마감 직전에야 겨우 완성되기도 한다. 다른 아르바이트를 할 짬이 없기 때문에 생활비를 집에서 송금 받아도 생활은 녹록치 않다.

시간적으로도 경제적으로도 놀고 있을 여유 따위는 없는 나날이었다. 오락이라고 해 봐야 기껏 일요일에 메이가자_{주로 고전 영화를 상영하는 영화관. 동시상영이 많음}에서 영화를 보거나, 친구와 신주쿠 근처의 싸구려 술집에서 한잔 하는 정도가 고작이다.

롯폰기 역의 메시지 보드에 글을 남기는 것은 그런 생활 속에서 자그마한 기분 전환이 되었다.

'둘시네아' 란 롯폰기 거리의 어느 빌딩 지하에 있는 디스코텍 이름이다. 젊은이들이 즐겨보는 잡지에서 소개되거나 텔레비전 심야 프로그램에 나오는 바람에, 작년부터 갑자기 인기가 높아졌다. 연예인이나 스포츠 선수 중에도 단골이 많다고 한다.

호화로운 실내장식, 공들인 인테리어. 수천만 엔을 호가하는 음향과 조명 장치. 주류나 요리도 풍부하고 고급이다. 특히 오리지널 칵테일인 '둘시네아 러브' 는 젊은 여자 손님에게 인기다.

물론 아무나 들어갈 수 있는 가게는 아니다. 값도 비싸고, 센스 없는 옷차림을 했다면 거절당한다. 회식중에 부하 여사원에게 끌려온 회사 간부가 입구에서 문전박대를 당했다는 에피소드도 있다. 단체손님도 받지 않는다.

당연히 고교생도 안 된다. 대학생은 괜찮지만 운전면허증이 없는 남자는 들어갈 수 없다. 본심은 한걸음 더 나아가 '자가용이 없는 남자는 사절' 이라고 말하고 싶은 것이겠지.

신지도 '둘시네아' 에서는 필요 없는 청년이다. '둘시네아에 한번 가 보고 싶어' 라며 어리광부리는 여자친구도 없다. 그 가게에서 주말 밤을 보내는 젊은이들은 신지에게 이방인에 불과하다.

그는 '둘시네아' 앞에 실제로 가 본 적도 없다. 미와 속기는 역을 끼고 '둘시네아' 와는 백팔십도 반대 방향에 있어서, 금요일 밤마다 롯폰기에 와도 신지는 '둘시네아' 에서 등을 돌려 걸어가고, 돌아갈 때는 '둘시네아' 에 닿기도 전에 역의 지하로 내려간다.

그런데도 '둘시네아에서 기다릴게'라는 메시지를 적는다.

그가 쓴 메시지는 집으로 돌아가려고 역에 돌아왔을 때에도 그대로 그를 맞이한다. 그리고 몇 시간쯤 후에는 역무원의 손에 지워진다.

그걸로 끝이다. 신지의 메시지를 읽는 상대는 없다. 처음부터 아무도 없었다.

그래도 신지는 매주 똑같은 메시지를 쓴다. 실재하지 않는 상대를 향한 존재하지 않는 약속.

그렇게 해 두면 화려한 주말의 롯폰기에서 원고를 손에 들고 닳고 해진 운동화 차림으로 홀로 걷는 자신을 조금은 참아낼 수 있을 듯한 기분이 들었기 때문이다.

그러던 어느 날, 그 메시지에 돌연 답장이 왔다.

2

정월의 두 번째 금요일이었다. 미와 속기에 원고를 전해주고 역으로 돌아오니, 신지가 쓴 메시지 옆에 여자 글씨로 이렇게 씌어 있었다.

〈둘시네아에 당신은 없었어〉

우두커니 서서 잠시 그것을 바라보았다.

깨끗한 필체다. 신지의 메시지에 바짝 붙여서 써놓았다.

누군가 장난으로 썼을 것이다. 깊은 의미 따위는 없을 테지. 그렇게 생각했다.

어쩌면 젊은 커플일지도 모른다. 그들은 역에서 만나기로 했고 여자가 먼저 왔다—그런 일은 좀처럼 없을 테지만. 그리고 바깥으로 통하는 계단에서 몰아치는 바람에 움츠리고 기다리다, 지루함을 달래려고 본 메시지 보드에서 애인과 이름이 같은 남자가 쓴 메시지를 발견한다. 〈둘시네아에서 기다릴게, 신지〉

그녀는 갑자기 재미있게 느껴져서 메시지 옆에 답변을 단다. 그리고 늦게 온 애인에게 그것을 보여 주며 그의 가슴을 살짝 찌른다.

— 늦었잖아.

— 미안, 미안.

이야기를 만들어 내려면 얼마든지 가능하다.

그래도 별로 좋은 기분은 아니다. 남몰래 하던 장난을 누군가에게 들킨 것처럼 겸연쩍었다.

신지는 두 메시지를 한꺼번에 지웠다.

그날 밤 아파트로 돌아간 신지는 받아 온 테이프에는 손도 대지 않고 캔 맥주를 마시며 텔레비전 심야영화를 보았다.

다음다음 날인 일요일은 아무 데도 가지 않고 연습에 몰두했다. 시험이 다가왔기 때문이다.

일본속기협회가 주최하는 속기기능검정시험. 국가시험은 아니지만 문부성이 인정하는 시험이다. 신지가 보려는 것은 1급이다. 합격하면 1급 속기사로 인정받아 얼굴 사진이 붙은 '속기사증'을 발급받는다.

도쿄에서 힘겹게 견뎌 온 것은 오로지 이 때문이었다. 스무 살 때 2급 시험에 붙고 나서 계속 제자리걸음이다. 1급 도전은 이번이 네 번째였다.

그렇다 해도 속기사로 취직하기 위해 꼭 시험을 통과해야 하는 것은 아니다. 자격시험이 아니니까 보고 싶지 않으면 안 봐도 상관없고,

기량만 갖추면 실무는 해 나갈 수 있다. 중요한 것은 실력이다.

최고 득점으로 1급 시험에 합격해도, 그 이후 속기를 하지 않으면 금세 실력이 떨어지게 된다. 머리로 반, 몸으로 반을 익히기 때문에, 일단 무뎌져 버리면 다시 처음부터 단련해야 한다.

그래도 신지가 1급 시험에 매달리는 것은—이라기보다, 매달려야 하는 것은 가업을 잇기 위해서였다.

신지의 고향은 도쿄에서 특급열차로 세 시간 정도의 거리에 있는 작은 지방도시다. 아버지가 그곳에서 속기사무소를 경영하고 있다. 직원은 세 명. 사장 스스로 녹음기를 짊어지고 현장에 나가기도 하는 작은 사무소다.

도쿄와는 달리 매스컴 관계의 의뢰는 적다. 제일 큰 고객은 시청이다. 시의회 의사록을 작성해 준다. 공청회나 공공 이벤트의 내용을 속기하여 원고로 만들기도 한다. 초등 의회에서 의뢰한 적도 있다. 그런 종류의 의뢰만 확보해 두면 그럭저럭 견실하게 경영해 나갈 수 있다.

다만 거기에는 일하는 사람이 1급 속기사여야 한다는 단서가 붙어 있었다. 관공서는 흔히 그렇지만 권위주의적이다.

그런 연유로 후계자인 신지로서는 어떻게든 시험에 통과해야 했다. 그래서 도쿄의 학교에서 공부를 하고 있었고, 벌이가 시원치 않아도 테이프 녹취 아르바이트를 계속 하는 이유는 빨리 실무에 익숙해지고 싶기 때문이었다.

시험은 일 년에 네 번인데 일, 오, 팔, 십일월에 있다. 이번 시험은 일월의 마지막 일요일이다. 만약 이번에 또 떨어지면 오월까지 기다려야 한다.

시험은 실기 테스트이며, 다카다노바바에 있는 속기학교에서 치러진다. 1급의 경우는 일 분간 삼백이십 타의 속도로 십 분간 낭독한 문장을 속기하여, 백 분 안에 보통 문장으로 번역해야 한다. 틀린 것이 전체의 이 퍼센트를 넘으면 불합격이다. 오자나 탈자, 구두점을 잘못 찍어도 틀린 걸로 인정된다.

시험 때는 아무래도 흥분하게 되기 때문에, 삼천이백 자 가운데 예순네 자밖에 틀리지 않기란 상당히 힘들다. 긴장해서 깜빡 한 줄을 빼버린 적도 있고, 심지어 한 페이지를 건너뛰는 경우도 있다. 최악의 경우에는 속기하는 도중에 재채기를 한 탓에 그때까지의 노력이 물거품이 되기도 한다.

1급 기능시험의 합격률은 언제나 십 퍼센트 정도.

이번에야말로 합격하지 않으면 안 된다, 이번이 마지막 기회라고 신지는 생각했다. 여기서 안 되면 의욕을 잃을 것 같았다.

일요일은 내내 연습을 했기 때문에 월요일 밤부터 아르바이트 일을 했다. 비교적 편한 테이프라서 다행이었다.

'소비생활연구회'라는 사단법인이 새로운 소책자 시리즈를 발행하며 창간의 의의나 목적을 법인 대표가 연설하는 것이었다. 자세한 개요도 붙어 있었고, 참고용 소책자도 건네받았다. '스톱! 방문 판매', '신용카드를 만들기 전에' 등의 제목이 붙어 있다.

견본 소책자는 가져도 좋지만, 개요는 반드시 돌려달라는 다짐을 받았다. 이런 일은 때때로 있다. 대외비 자료를 받은 경우다.

테이프를 듣다 보니 이런 내용이 바깥으로 새나가면 난처하겠구나 하는 생각이 들었다. 학생이나 독거노인을 표적 삼아 엉터리 장사로 돈을 버는 질 나쁜 회사의 실명이 다수 언급되었기 때문이다. 피해자가 많더라도 아슬아슬하게 법망을 피하면 범죄가 성립되지 않으니까, 이런 문서를 공개하면 오히려 이쪽이 소송을 당할지도 모른다.

소책자 쪽은 일과 상관없이 읽어도 제법 흥미로웠다. 유인 판매 격퇴법 등은 크게 참고가 되었다. 세련되지 못한 외모를 한 탓인지 길을 걸을 때 누가 말을 거는 일이 많은 편이기 때문이다.

다 읽고 뒤표지를 보니 가운데에 사단법인의 마크가 있었다. 양 손바닥을 교차시켜 가위표를 만든 모양이다. 기억해 두자고 생각했다.

그 주에는 수업도 시험에 대비한 특별 프로그램이어서 철저하게 연습을 계속했다. 밤에는 테이프 녹취를 한 탓에 속기의 나날이 이어졌다.

금요일. 언제나처럼 같은 시간에 롯폰기에 내렸다. 습관처럼 메시지 보드를 향했지만, 잠시 주저했다.

이제 이런 짓 그만둘까.

그렇지만 오늘 밤에도 혹시나 답장이 있을지 모른다는 묘한 기대감도 있었다. 장난. 맞아, 장난이라 해도 이 거리에서 내게 답장을 주는 인간이 있다는 뒤틀린 기쁨도 있었다.

결국 메시지를 썼다. 그리고 일한 것을 주고 돌아오니 이번에는 그 옆에 이렇게 씌어 있었다.

〈정말 기다려 줄 거야?〉

우연이 아니라고 생각했다.

지난주의 답장과 같은 글씨체였다. 약간 오른편이 올라간, 선이 가
는 여자 글씨.

메시지를 쓰고 역을 나와 일한 것을 건네주고 다시 돌아오기까지
는 기껏해야 삼십 분 정도밖에 걸리지 않는다. 아니 좀더 짧을지도 모
른다.

그런 짧은 시간에 재빨리 써 놓았다. 우연히 찾아낸 메시지에 기분
따라 장난할 리는 없을 것이다. 하물며 이 주 연속으로.

순간적으로, 지인 가운데 우연히 이 습관을 알게 된 사람이 놀리려
하는지도 모른다는 생각이 들었다.

하지만 그런 것치고는 세심하다. 메시지 하나를 쓰려고 일부러 롯
폰기까지 온다는 건 번거로운 일 아닌가.

게다가 친구 중 누군가가 우연히 여기서 메시지를 쓰고 있는 신지
를 발견했다면, 메시지 내용을 읽기 전에 말을 걸었겠지.

그렇다면 답장을 쓴 사람은 절대 내가 아는 사람이 아니다. 그래도
내가 상대도 없는 메시지를 쓴다는 사실만은 분명히 알고 있다.

곤혹스러움과 부끄러움과 희미한 분노가 뒤섞인 감정으로 심장이
두근거렸다. 누가 내 방을 엿보는 느낌이 들었다.

그때 뒤에서 누가 말을 걸었다.

"저…… 실례합니다."

돌아보니 두껍고 짧은 코트로 몸을 휘감은 여자가 서 있었다. 몹시 작아서, 머리가 신지의 어깨높이까지밖에 오지 않는다. 그 대신이라고 하기는 이상하지만 얼굴도 몸도 포동포동하다.

모르는 척하지도 못하고, 신지는 '무슨 일입니까' 하는 표정을 지었다. 통통한 여자는 동그란 얼굴에 웃음을 띄웠다.

"실례지만 저, '둘시네아'라는 가게에 가고 싶은데, 어디인지 몰라서요. 가르쳐 주시겠어요?"

신지는 상대의 얼굴을, 옷차림을, 구두를 보았다.

나이는—삼십대 중반쯤일까. 가지런히 자른 짧은 머리다. 화장기도 없고 입술에는 붉은 빛도 없다. 광택이 사라진 코트는 촌스러운 베이지색이다. 아래로 보이는 치마는 굵은 발목을 강조하듯 밑으로 퍼지는 디자인인데다 짙은 보라색. 구두는 척 보기에도 싸구려로 굽이 평평하다.

이래서는 '둘시네아'에 들어갈 수 있을 리가 없다.

물끄러미 쳐다보니 상대는 웃는 얼굴 그대로 반걸음 뒤로 물러났다.

"뭐가 이상한가요?"

사람 좋게 웃는 얼굴에다 말하는 법도 유연하다. 신지는 당황해서 고개를 저었다.

"아뇨, 별로 그런 건 아니지만……. 저, 정말로 '둘시네아'에 가실 겁니까?"

"네." 천진난만한 대답이다.

"디스코텍이라는 것은 아십니까?"

"네. 멋진 가게겠죠?"

"네에, 뭐 그렇긴 하지만⋯⋯."

상당히 망설인 끝에 신지는 길을 가르쳐 주었다. 가서 못 들어가도 내 책임은 아니다.

그래도 상대가 기쁜 표정으로 고마움을 표하고 멀어져 갈 때, 무심코 입에서 말이 튀어나왔다.

"동행이 있으신가요?"

동그란 얼굴의 여자는 눈을 크게 뜨고 고개를 갸웃했다.

"아뇨, 혼자예요."

"혼자서 디스코텍에 가십니까?"

코트 깃을 여미고 목을 움츠리며 상대방은 웃었다.

"꽤 재미있을 것 같지 않아요?"

상대는 '둘시네아'에서 찾겠다는 말인가. 신지는 어이가 없는 한편으로 이 어리석고 낙천적인 여자가 안됐다는 생각이 들었다. 저런 기분으로 외출했다가 문전박대를 당하면 얼마나 상처 입을까.

그런 생각을 하다가 깊이 생각하지도 않고 이렇게 말했다.

"안 가는 편이 좋을 겁니다. 분명 들여보내 주지 않을 테니까요."

상대는 태연했다.

"괜찮아요. 사람이 많아도 들여보내 줄 때까지 기다릴 거예요. 아무튼 감사했어요."

꾸벅 고개를 숙이고는 가 버린다. 혼자 남은 신지는 뭔가 지독히 잔혹한 짓을 저지른 기분이 들었다.

그녀의 모습이 보이지 않게 되자, 허둥지둥 달려가 뒤를 쫓았다. 하얀 숨을 토하며 달리는 동안, 그리고 보니 이 거리에서 달리는 사람을 본 적이 없다는 생각이 들었다. 그런 점이 시부야나 신주쿠와 다르다.

그녀는 의외로 걸음이 빨라서, 신지가 겨우 따라잡았을 때에는 벌써 '둘시네아'가 보이는 곳까지 와 있었다. 바로 앞 교차로에서 신호를 기다리고 있다.

다가가서 말을 거니 그녀는 깜짝 놀라 돌아보았다.

"어머" 하고 볼록한 볼에 웃음이 떠올랐다.

"죄송합니다. 저, 정말 실례되는 말씀이지만, 안 가는 편이 좋습니다."

"네?"

"'둘시네아'에, 안 가는 편이 좋다구요."

신호는 파란불이 되었지만 둘은 건너지 않았다. 행인에게 방해가 되지 않도록 길가로 비켜섰다.

"어째서죠?"

"저, 복장 체크가 있습니다."

그녀는 재미있다는 듯 쿡쿡 웃었다.

"여학교 같네."

"그러게요."

신지도 무심결에 같이 웃었다.

"그러니까, 센스가 없는 옷을 입으면 안 된다는 말이야?"

"그렇습니다."

"옷도 옷이지만 일단 외모가 멋져야 하는 걸까."

신지는 대답하지 않았지만 그녀는 '둘시네아' 쪽을 바라보면서 이해했다는 얼굴로 흠흠 하면서 고개를 끄덕였다.

마침 그때 짙은 푸른색 외제차가 한 대, 미끄러지듯 교차로를 우회전해서 '둘시네아' 앞에 딱 멈추었다. 문이 열리고 검은 정장을 입은 남자가 먼저 내린다. 조금 사이를 두고 조수석의 문이 열리며 흰 원피스를 입은 여자가 사뿐히 모습을 드러냈다.

"저런 커플이 아니면, 노-쌩큐인 건가." 그녀가 재미있다는 듯이 말했다.

"아마도. 그러니까 저도 안 되지요."

동그란 얼굴의 그녀는 하늘을 향해 소리 높여 웃었다.

"이상해. 누가 정한 거야?"

"글쎄요, 가게 사람이겠지요."

손님을 고르는 것도 요즘 세상의 상술인 것이다.

"그런데 그걸 알려 주려고 일부러 따라온 거야?"

신지는 머리를 긁적였다. 갑자기 주제넘은 참견을 한 듯한 기분이 들었다.

하지만 그녀는 생글거리며 말했다.

"고마워."

그리고 빙그르르 돌아 우향우를 하더니 이렇게 말했다.

"있잖아, 시간 있으면 라면이라도 먹으러 가지 않을래? 답례로 내가 살 테니까."

그녀의 이름은 모리야마 요시코.

"서른다섯이야." 그녀는 웃으면서 가르쳐 주었다. 가미야초에 있는 작은 부동산 회사에서 사무원으로 일한다고 한다.

그 말을 듣고 나서, 지금 이렇게 밝은 곳에서 보니 그녀 손에 잉크 얼룩이 있었다. 고무인을 찍을 때 묻었을 것이다.

신지의 시선을 깨달았는지 요시코는 손가락으로 얼룩을 문지르면서 이렇게 말했다.

"스탬프잉크는 잘 안 지워져." 정말 태평스럽다.

두 사람은 시네비방 롯폰기롯폰기에 위치한 예술영화관. 근처에 있는 '산푸쿠三福'라는 라면가게로 갔다. 뒷길 깊숙한 곳에 있어서 좀처럼 찾기 어려운 작은 가게다.

'둘시네아'의 위치도 모르는 사람이 어째서 이런 곳을 아는 걸까 하고 신지는 생각했다.

"여긴 말야, 완탕면이 맛있어" 따위의 말을 하고 있다.

"잘 알려지지 않은 곳 같은데, 좋아하는 가게입니까?"

"조금."

그냥 지나가는 길이었고 무엇을 얻어먹을 만한 관계도 아니다. 마주한 좁은 탁자를 사이에 두고 있자니 왠지 묘한 느낌이었다.

그렇다고 해서 거북하지는 않았다. 그것도 신기하지만 요시코의 따뜻한 분위기 때문일지도 모른다고 생각했다.

"학생?" 그녀가 묻는다.

"그렇습니다."

"대학생?"

"아뇨, 아닙니다. 전문학교예요."

"아. 뭘 배우고 있어?"

신지는 좀처럼 내보이지 않는 장난기 어린 자세로 되물었다.

"뭐라고 생각하세요?"

"맞추기 어려운 거야?"

"아마도. 모르실지도 모르구요."

요시코는 찬물을 한 모금 마시고, "음" 하며 생각에 잠겼다.

"컴퓨터랑 관계 있어?"

"아뇨, 직접적으론 없습니다."

"살아 있는 걸 취급해?"

"전혀요."

완탕면이 왔다. 아주 뜨거웠다. 두 사람은 후후 불어 가며 먹었다.

"애니메이션 학교?"

"안타깝네요. 아닙니다."

요시코가 포기하기 전에 신지는 답을 가르쳐 주었다.

"속기입니다."

입으로 가져가던 젓가락을 멈추고, 그녀는 눈을 빛냈다.

"정말? 그런데 요즘에도 그런 기술이 필요해? 일이 있어?"

가슴 아픈 질문이다.

요시코가 말한 대로 속기 따위는 이미 구식이라고 생각하는 사람이
많다. 녹음기의 성능은 무서울 만큼 좋아졌고 워드프로세서도 있으니
까.

하지만 아직까지도 음성을 자동적으로 문장으로 변환시켜 주는 기
계는 실용화되어 있지 않고, 되었다고 해도 그것 하나로 온갖 경우에
대응할 수 있을지 어떨지는 의심스럽다. 사람 손으로 하지 않으면 안
되는 부분이 분명 남아 있는 것이다.

지금은 과도기라고 신지는 생각한다. 시대가 어떻게 발전해 갈지 모르지만, 지금은 분명히 속기를 필요로 하고 있으며 전문가가 아니면 안 되는 일도 있다. 그리고 신지의 아버지는 가업을 사랑하고 아들에게 그것을 넘겨주고 싶어 한다.

그래서 그것을 이어받기 위해서는, 고리타분하다고 생각되더라도 성실히 기술을 몸에 익혀 가는 수밖에 없다. 가장 중요한 것은 신지도 아버지의 일을 보아 왔고, 그 일을 좋아한다는 것이다.

그래서 수지가 안 맞는 것을 알면서도 수업을 받고 있다. 시험도 계속 보고 있다.

그런 이야기를 하니 요시코는 방긋 웃었다.

"좋은 이야기 들었네. 시험에 합격하면 좋을 텐데."

"이런 말을 하는 것도 제 마음속 어딘가에 시대에 뒤떨어진 일이라는 콤플렉스가 있기 때문일 겁니다. 그래서 열심히 해명하는 거구요."

스스로도 잘 알고 있었다. 그 콤플렉스는 '둘시네아'에도 이어져 있다. 그런 곳은 자신과 인연이 없다는 생각으로 이어져 있는 것이다.

"얼마 안 가서 거의 전통 예술처럼 변해 버릴지도 모르지요."

"그럴까?"

요시코는 어린아이처럼 손으로 턱을 괴고 관심을 보였다.

"있잖아, 속기문자로 '요시코'는 어떻게 써?"

탁자 위에 찬물을 잉크 삼아 손으로 써 보였다. 그녀는 몇 번 그것을 따라하고는 외워버렸다.

"재미있네. 외국어 같아" 하고 웃는다. "그럼, '둘시네아'는 어떻게 써?"

신지가 써 보이자 그것에 시선을 떨어뜨린 채 이렇게 물었다.

"이거 누구 이름인지 알아?"

" '둘시네아' 라는 게 사람 이름입니까?"

"응. 『돈키호테』에 나오는 공주님 이름. 절세 미녀야."

그녀는 시선을 들고 아주 조금 쓸쓸한 표정을 지었다. 그러니까 네가 말할 것도 없이 '둘시네아' 가 나오는 인연이 없는 장소라는 건 잘 알고 있어—라고 말하는 것처럼.

4

다음 주는 시험이 코앞이라 아르바이트는 쉬기로 했다. 오로지 연습만 했다. 무엇을 봐도 머릿속에서 속기문자로 고친다. 한숨 돌리려고 맥주를 마셔도 상표에 있는 문자를 보면 바로 속기문자가 떠오를 정도다.

시험 당일은 비가 왔다.

수험 번호로 시험장 교실이 배정된다. 같은 교실의 수험생은 서른 명 정도로, 시작 직전까지 워크맨으로 연습하는 학생이 눈에 띄었다.

백 분간 아무 생각 없이 시험에 열중했다. 답안을 제출했을 때 제일 먼저 머리에 떠오른 생각은, 어쨌든 무사히 끝나서 다행이라는 것이었다.

다카다노바바 역 앞에서 아버지에게 전화를 걸었다.

"잘 봤냐?"

"모르겠어. 그럭저럭 본 것 같긴 하지만."

잠시 침묵했다.

"아버지."

"뭐냐."

신지는 수화기를 쥐고는 전화 부스의 유리창을 미끄러져 내려가는 빗방울을 바라보았다.

"이번에 안 되면 시험은 포기해도 괜찮아. 집으로 돌아오너라."

아버지가 먼저 그렇게 말했다.

그 주의 금요일은 다시 미와 속기에 가기로 되어 있었다. 시험 결과가 나오기까지는 한 달 정도 걸린다. 그 사이에도 놀고 있을 수만은 없다.

롯폰기 역을 내려 개찰구를 빠져나간다. 그리고―.

메시지 보드에서 신지 앞으로 된 메시지를 발견했다.

그 여자 글씨다.

〈신지에게. 오늘 밤이야말로 둘시네아로 와 줘, 사유리〉

신지는 그 자리에 이 분쯤 우뚝 서 있었다.

사유리. 이것을 쓴 여자의 이름은 사유리인가. 장난이 아닐까.

하지만 대체 누가?

미와 속기에서도 시험 결과를 물었다. 뭐라고 대답했는지도 기억이 안 난다. 멍하니 테이프를 받아서 작은 배낭에 넣고, 인사도 하는 둥 마는 둥 역으로 되돌아왔다.

―오늘 밤이야말로 둘시네아로 와 줘

어떻게 된 일이지? '사유리' 씨를 뻔뻔스레 찾아가라는 것인가. 이런 것을 써서 무엇을 할 작정일까. 무슨 목적이 있는 걸까.

아니, 사유리라는 여자는 없을 것이다. 이것은 장난일 뿐이다.

그래도—정말 있다면 어떻게 하지?

고민하고 자문자답을 되풀이하며 메시지 보드를 바라보고 있자니, 누가 어깨를 툭 쳤다. 흠칫 놀랐다.

"안녕. 무슨 일이야?"

요시코였다.

잠깐 동안 목소리가 나오지 않았다. 겨우 이야기를 꺼냈을 때도 잠시 동안은 갈피를 못 잡았다. 어디서부터 어떻게 말하면 좋을지 몰랐기 때문에.

사정을 들은 요시코는 망설임 없이 말했다.

"가 보자, '둘시네아'에. 내가 따라가 줄게."

'둘시네아'의 입구는 보는 사람을 주눅 들게 하는, 묵직한 통나무 판자문이었다. 조금 미는 정도로는 꼼짝도 하지 않는다. 신지는 그 시점부터 이미 돌아가고 싶어졌다.

"떨지 마. 방음 때문에 두꺼운 문으로 된 것뿐이야."

요시코는 쾌활하게 말하고 앞장서서 들어간다.

의외로 문 저편은 조용했다. 그도 그럴 것이 그곳은 아직 가게 안이 아니다. 두꺼운 융단이 깔린 좁은 홀의 프런트에서 회색 제복을 입은 젊은 점원 두 사람이 "어서 오십시오" 하며 머리를 숙였다.

—어서 오십시오?

놀랐다. 얼굴을 보인 순간 쫓겨날 거라 생각했는데.

머리 위의 조명이 실내를 부드럽게 비추고 있다. 바로 앞이 프런트. 그 맞은편이 휴대품 보관소. 왼쪽에 앤티크 풍 다리가 붙은 응접세트가 있고, 회사원 같은 중년 남자 하나가 소파에 기대어 잡지를 읽고 있다.

요시코는 머뭇거리는 눈치도 없이 프런트로 가서 작은 소리로 뭔가 열심히 설명하기 시작했다. 오늘 밤도 처음 만났을 때와 똑같은 옷을 입고 있지만 등을 꼿꼿이 편 당당한 모습이다.

요시코가 말을 끝내자 제복 입은 점원은 "알겠습니다, 이쪽으로 오십시오" 하고 말했다.

신지는 귀를 의심했다. 요시코는 생글거리며 돌아와서,

"사유리 씨라는 손님, 분명히 와 있다고 해."

점원도 나왔다.

"먼저 여쭙겠습니다. 성함은 신지 님으로 하면 되겠습니까."

"네? 네에."

그렇군, 메시지 보드의 '사유리'는 내 성을 모른다.

"잠시 기다려 주십시오. 바로 불러 드리겠습니다."

점원은 메시지를 쓴 작은 화이트보드를 손에, 컷글라스처럼 보이는 램프를 높이 들고 안쪽 통로로 사라져 갔다.

문이 열리고 닫혔을 것이다. 가게 안에서 흐르는 음악이 들렸다 사라졌다. 강한 비트의 곡이었다.

"무슨 일일까."

요시코는 가만히 미소 지었다.

"나, 여기에 앉아 있을게" 하더니 재빨리 소파 쪽으로 걸어간다. 먼저 와 있던 남자 손님이 힐끗 그녀를 올려다보고는 다시 잡지로 시선을 돌렸다.

오 분 정도 후에 점원이 돌아왔다. 그의 뒤로 봄에 달라붙는 새빨간 원피스를 입은 여자가 따라왔다.

"오래 기다리셨습니다." 점원은 머리를 숙이고 멀어져 간다. 신지는 그 여자와 마주하게 되었다.

보브컷을 한 머리는 칠흑같이 검었다. 하얀 피부에 선명한 붉은색 립스틱. 손목에는 금으로 된 팔찌 시계.

순간적으로 알아챌 수 있었던 것은 거기까지였다. 상대가 신지를 보고 웃음을 터뜨렸기 때문이다.

"정말 싫다, 역시나 시원찮네!"

충격을 받고 있을 틈도 없었다. '사유리'라는 여자가 소파에 있는 요시코를 돌아보았기 때문이다.

"저기, 어쩔 거야? 나, 난처해."

하지만 요시코는 일어서지 않았다. 대신 그녀 옆에 있던 남자가 손에 들고 있던 잡지를 놓고 갑자기 일어났다.

그를 본 순간 사유리의 얼굴은 얼어붙은 듯 굳어졌다. 선 채로 꼼짝도 하지 않았다. 남자는 재빨리 다가가 그런 그녀의 팔을 살며시 잡았다.

"하타노 사유리 씨."

온화하지만 목소리는 의연했다.

"많이 찾았습니다. 마음대로 거처를 바꾸면 안 된다고 그만큼 말씀드렸잖습니까? 부모님도 걱정하시면서 계속 찾고 계십니다."

바로 가까이에서 보니, 그는 양복의 깃 언저리에 회사 배지 같은 것을 달고 있었다. 신지는 마음속으로 앗, 하고 소리쳤다.

손바닥을 교차시킨 '노'의 마크다.

사유리의 눈동자가 흔들렸고 입은 뻐끔뻐끔하고 있다. 그러더니 으쓱 어깨를 치켜 올리고 신지를 노려보았다.

"비겁하네. 당신, 한패였어?"

"아니야. 저 사람은 아무것도 몰라."

요시코는 앉은 채로 억양이 없는 소리로 대답했다.

"계획한 것은 나와 히라타 씨." 회사원풍의 남자를 쳐다본다. 히라타 씨라 불린 남자도 끄덕이고 이렇게 말했다.

"자, 갑시다. 근처 찻집에서 어머니가 기다리고 계십니다."

그는 사유리를 재촉하여 가게 밖으로 데리고 나갔다.

그들의 모습이 사라지자, 신지는 간신히 입을 열 수 있었다.

"어떻게 된 일입니까?"

요시코는 그저 '미안해'라고 말할 뿐이었다.

십 분 후—.

신지는 요시코, 히라타와 함께 '둘시네아' 안쪽의 좁은 사무실에 있었다. 요시코는 구석 탁자 위에 있는 사이펀siphon으로 커피를 끓여 주었다.

"제 신분부터 밝혀야겠지요."

히라타는 그렇게 말하고 가슴 주머니에서 명함을 꺼냈다. 신지는 그것을 받아들기 전에 말했다.

"소비생활연구회 분이시죠."

히라타는 예의 바르게 질문을 던지듯 눈썹을 올렸다.

"배지를 보고 알았습니다."

"호. 이걸로?" 그는 옷깃 언저리를 가리킨다.

이유를 설명하자 그는 미소 지었다.

"그렇습니까. 소장의 연설을 문장으로 만들어 주신 게 당신이었군요. 세상 참 좁습니다."

그는 요시코를 보고 웃는다. 그녀는 아주 약간 미소를 지었을 뿐, 걱정스러운 듯이 신지의 얼굴을 바라보고 있다.

헛기침을 한번 하고 히라타는 계속했다.

"그 연설을 들었으면 저희가 어떤 일을 하는 단체인지 아시겠군요."

"네, 대강은요."

소책자의 제목이 머리에 떠올랐다.

"그중에서도 저희가 지금 총력을 기울이는 것은 최근 점점 늘어나서 극히 우려할 만한 상황이 되어버린 신용 파산을 방지하는 일입니다. 특히 젊은이들의 파산 말입니다."

신지는 양손을 무릎에 놓고 가만히 앉아 그 말을 새겨듣고 있었다.

신용 파산. 신용카드를 몇 장이나 만들어서 그것으로 쇼핑을 하거나 놀러 다니다가, 정신을 차렸을 때에는 백만 단위의 빚이 생기는 젊은이들이 늘어나고 있다.

"상담 창구를 설치해서 개별적으로 카운슬링을 하거나 카드 회사와 지불 교섭을 하고 있습니다. 하타노 사유리 씨는 그런 상담 고객

중 한 사람이지요. 상담하러 온 것은 그녀의 어머니였지만요."

사유리는 신용카드를 열 장이나 가지고 있었고, 그것을 무계획적으로 쓰는 바람에 현재 사백오십만 엔의 부채를 안고 있다고 한다.

"그녀의 경우는 일종의 병이라고 할 수 있습니다. 소비병이죠. 주로 옷이나 액세서리 구입비나 여행비로 씁니다. 여기서 노는 정도의 비용은 남자친구들이 내 주는 것 같고."

"그 여자, 직업은 뭐죠?"

"직업은 없어요. 가사일 돕기랄까?"

한숨이 나왔다.

"몇 번이나 이야기를 해도 도망가서는 또다시 낭비를 합니다. 자기 이름으로 카드를 만들 수 없어지자 친구 명의를 빌리고. 거처도 겨우 밝혀냈다고 생각하면 금세 바꿔버리고. 완전히 손들었습니다."

그런 때 그녀가 주말에 '둘시네아'에서 요란하게 놀고 있다는 정보를 입수했다고 한다.

"정보를 입수한 건 좋은데 그다음이 문제였습니다. 그녀는 우리 직원 얼굴을 전부 알고 있기 때문에, 접근하면 바로 눈치 채고 도망갈 테니까요. 그렇다고 해도 범죄자는 아니니까, 거칠게 다룰 수는 없는 노릇이지요. 다른 사람 앞에서 너무 창피를 주는 것도 앞일을 생각하면 역효과가 날 테고. 어떻게든 그녀 혼자만 조용히 불러내는 방법은 없을까ㅡ."

히라타는 이마를 가볍게 쓰다듬었다.

"그래서 이곳 경영자와 상담을 해 봤지요. 사유리 씨는 여기 단골손님이고, 경영자와도 친하다고 해서 말입니다. 덕분에 그녀가 최근 묘한 장난을 시작했고, 그것을 재미있어한다는 말을 들었습니다."

사유리는 이렇게 말했다고 한다.

―롯폰기 역에서 말야, 너무 심한 건 아니시반 여기에 볼일도 없을 것 같은 신통찮은 남자 아이가 메시지 보드에 '둘시네아에서 기다릴게'라고 쓰고 있는 모습을 우연히 봤어. 그것만 쓰고 반대쪽 출구로 나가는 거야. 음침하다고 생각지 않아? 그것도 한두 번이 아니야, 매주 하고 있다니까.

신지는 눈을 감았다.

그녀가 보고 있었던 거군. '역시나 시원찮네' 하는 목소리가 귓가에 되살아났다.

한편으로 저렇게 화사한 하타노 사유리도 주말의 롯폰기에 지하철로 오가고 있었다고 생각하니 아련하게 가슴이 죄여 오는 느낌이었다.

문득 그녀가 불쌍해졌다. 지하철을 타고 와서 신용카드를 쓰며 호화판으로 노는 신데렐라.

"사유리 씨는 그 메시지가 재미있어 답장을 쓰면서 즐거워했다고 합니다. 그리고 상대방 반응을 보고 싶다고 했고요. 그래서 여기 경영자에게 부탁해서 메시지를 쓰는 청년을 데려와 달라고 했습니다. 그를 만나게 해 주겠다고 하면, 사유리 씨도 부름에 응할 걸로 생각했거든요. 반쯤은 재미겠지만……. 그래서 당신에게는 정말 실례했습니다만, 달리 더 좋은 방법은 찾지 못했습니다."

그런 것이었군. 그러니까 이런 스타일의 내가 아무렇지 않게 들어올 수 있었겠지.

몇 번쯤 조용하게 호흡을 한 후, 신지는 가까스로 말했다.

"그래서, 잘되었군요."

"네. 감사합니다."

묻고 싶은 것은 하나밖에 없었다.

"그런데 여기 경영자는 누구십니까?"

요시코가 불쑥 대답했다.

"미안. 나야."

요시코가 '산푸쿠'에서 한 자기소개는 완전히 거짓말은 아니었다. 가미야초에는 실제로 그녀의 부모님이 경영하는 부동산 회사가 있고, 그녀도 그곳의 사원이라고 한다.

'둘시네아'의 소유주도 그녀의 부친이지만, 젊은이들의 가게니까 경영을 딸에게 맡기고 있다고 했다.

"'둘시네아'로 가는 길을 가르쳐 달라고 처음 말 걸었을 때 기억해?"

신지는 묵묵히 끄덕였다.

"그때는 아는 사이가 될 계기를 만들려고 그런 걸 물었던 거야. 그리고 이야기하는 도중에 역시 이런 일에 말려들게 해서 미안하다고 생각했어. 그랬더니 당신은 날 쫓아와서 '둘시네아에는 가지 않는 편이 좋습니다'라고 했지?"

신지는 그 일을 떠올리고는 몸을 움츠렸다.

"그래서 결심이 섰어. 사유리 씨를 위해서라기보다는 당신의 오해를 풀고 눈을 뜨게 하기 위해 계획에 말려들게 해 버리자고."

"눈을 뜬다구요?"

"그래."

요시코는 진지했다.

"'둘시네아'는 당신이 생각하는 것 같은 가게가 아니야. 오히려 당신 같은 사람이 가끔 기분 전환하러 와서 즐기는 가게야. 나는 그럴 마음으로 해 왔어. 가게가 손님을 고르다니 내가 의도한 바가 아니야. 난 어떻게 해서든 마음대로 생겨버린 그 벽을 부수고 싶었어."

나를 봐, 하고 요시코는 가볍게 양손을 펼쳤다.

"일하는 것에 푹 빠져서, 내 몸에 신경 쓸 여유 따위 없어. 그래도 나는 좋아. 다만 나처럼 일하는 사람들이 한 달에 한 번이라도 좋으니까 호화로운 기분을 맛볼 수 있으면 그걸로 만족해."

미안해, 하고 요시코는 다시 한번 말했다.

"'둘시네아'가 『돈키호테』에 나오는 공주님 이름이라고 했지? 둘시네아는 주인공의 망상 속에서만 존재하는 공주야. 현실에서 그녀는 알돈사라는 술집여자일 뿐이지. 그래도 주인공은 그녀 안에 숨겨진 진짜 공주를 찾아내는 거야."

둘시네아는 그저 환상인 것이다. 그래도―

"속기 이야기 재미있었어. 열심히 해. 혹시 괜찮으면 시험 결과도 알려 주지 않을래? 열심히 했잖아, 틀림없이 합격할 거라 생각해……."

요시코의 말이 끊어지자 방 안 분위기도 잠잠해졌다.

신지는 가만히 고개를 숙였다. 멀리 '둘시네아'에서 흐르는 음악이 낮고 작게 울렸다.

삼 주 후 시험 결과가 발표되었다.

신지는 합격했다.

집에 보고하고 학교에도 알렸다. 마지막으로 조금 주저한 끝에 요시코에게 전화를 걸었다.

"해냈구나!" 요시코는 소리를 질렀다. 신지도 소리를 질렀다.

그녀의 얼굴이 보고 싶어졌다. 만나서 이야기하고 싶었다. 지하철로 뛰어들었다. 롯폰기 역에 도착해서 계단을 두 개씩 뛰어 올라갔다.

개찰구를 빠져나온다. 그곳의 메시지 보드 가득 친근한 둥근 글씨로 커다랗게 메시지가 씌어 있었다.

〈둘시네아에 어서 와〉라고.

"누군가와 이야기를 나누고 싶어지는 책"

차키 노리오茶木則雄

　이 페이지를 펼쳐 해설자의 이름을 보자마자, 윽 하고 신음하며 페이지를 덮으려 한 당신, 잠시 기다려 주시면 좋겠다. 요즘 한창 잘나가는 미야베 미유키 소설의 해설을 쓸 사람은 얼마든지 있을 텐데, 하필이면…… 하고 얼굴을 찌푸리며 실망하는 미스터리 팬도 분명 있을 것이다.

　하지만, 요세寄席*도 고단講談**이나 라쿠고落語*** 사이에는 곡예나 춤으로 잠시 기분 전환을 하지 않습니까. 미스터리 계에서 '이로모노色物****'라고 불리는 나, 이로모노는 이로모노 나름대로 열심히 할 작정이다. 소메노스케·소메타로***** 스승의 경지에는 아무리 해도 미치지 못하겠지만, 잠시 관용을 베풀어 아무쪼록 마지막까지 읽어 주시기 바란다.

---

* 라쿠고, 요술, 노래 등의 연예를 행하는 장소.

** 무용담, 복수담 같은 이야기를 가락을 붙여 들려주는 것.

*** 한 사람이 관객 앞에 앉아 주로 등장인물의 회화가 중심인 익살맞은 이야기를 들려주는 것.

**** 요세에서 라쿠고 같은 중심이 되는 공연 사이에 흥을 돋우는 곡예나 요술, 춤 같은 것.

***** 오소메브라더스라는 유명한 형제 곡예 콤비.

……라고 하며 자신을 낮추어 보인 다음(그러나 당연하다면 당연한 일이지만 조금도 겸손해지지 않았군, 내 경우. ……내가 생각해도 살짝 한심한걸), 이 책 이야기를 하겠다.

저자의 두 번째 단편집에 해당하는 『대답은 필요 없어』는 1991년 10월 지쓰교노니혼샤에서 간행되어, 이듬해 1월 전작 『용은 잠들다』에 이어 2회 연속 나오키 상 후보로 꼽힌 화제작이다. 화제작이라는 정말 평범한 표현을 해 버렸지만, 사실이니까 어쩔 수 없다. 그해 1992년 일본 미스터리계의 화제는 바로 미야베 미유키로 시작해서 미야베 미유키로 끝났다.

3월에는 『혼조 후카가와의 신기한 이야기』가 요시카와 에이지 문학상 신인상을, 『용은 잠들다』가 일본추리작가협회 장편상을 수상. 미스터리사에 남을 걸작 『화차』를 포함하여 1월부터 9월에 걸쳐 연거푸 여섯 편의 신작을 발표하고(미리 말해 두지만, 화제가 된 이유는 작품 수 때문이 아니라 다작에도 불구하고 작품의 질이 높아서였다), 연말에는 '『주간분슌』, 걸작 미스터리 베스트 10'에서 『화차』가 보란 듯이 1

위를 차지했다. 그것도 다른 작품과의 격차가 크게 벌어진, 두말할 필요 없는 1위였다.

말하자면 그해는 미야베 미유키가 전국구적인 인기를 얻은 해이며, 미스터리 계의 '가장 기대되는 젊은 작가'에서 '가장 주목받는 실력파 인기 작가'로 명백하게 변모를 이룬 해이기도 했다. 이 책은 어떤 의미에서 그 시초가 된 작품이라 해도 좋을 것이다.

미야베 미유키가 정말로 걸출한 작가인지에 관해서는 나 같은 사람이 여기서 다시 되풀이할 필요도 없다고 생각한다. 기타무라 가오루 씨는 저자의 다양하고 풍부한 작풍을 옷장에 빗대어, 어느 서랍을 열어도 훌륭한 이야기가 들어 있기 때문에, "옷장에도 여러 가지가 있지만 미야베 미유키는 오동나무 옷장이다"라고 하며 해설을 매듭짓고 있고(『우리들 이웃의 범죄』분순문고), 기타가미 지로 씨는 미야베 미유키의 〈이야기의 테크닉〉에 관해 "어떤 찬사를 늘어놓아도 부족하다"라며 그녀의 사질과 노력과 성의를 칭찬하고 있다(『마술은 속식인다』신초문고).

또 가야마 후미로 씨는 "그녀의 출중한 스토리텔링과 마음이 따스해지는 작품"에 대해 우수한 필자임과 동시에 "훌륭한 독자"이기도 한 미야베 미유키가 해외 미스터리에 조예가 깊다는 것을 지적하고 있고(『레벨 7』 신초문고), 아유카와 데츠야 씨도 나와타 가즈오 씨도 독특한 관점에서 그녀의 빼어난 재능을 각각 투철하게 논하고 있다 (지금 문득 '인용으로 매수를 버는 하찮은 해설'이라는 문구가 떠올랐으므로 이 정도로 해 두겠다).

내가 말할 수 있는 것은 단 하나, 그녀의 제일 큰 매력인 마음이 따스해지는 작풍과 상쾌한 뒷맛은 대체 어디서 나오는 것인지에 관한 변변찮은 고찰이다. 그녀가 그리는 인물들은 어떤 역경에 빠져도 긍정적인 마음을 잃지 않으며 언제나 밝게 열심히 살아가려는 긍정적인 사람들이다. 그렇기 때문에 가슴이 따뜻해지고 상쾌한 뒷맛을 얻을 수 있는데, 바꿔 말하면 그녀가 그리는 주인공들이 미야베 미유키 본인의 분신이며, 그녀의 사람됨이나 인생관을 솔직하게 투영하고 있기 때문에 세세한 표현이 두드러지게 독자에게 전달되는 데서 나온다고 생각한다. 에둘러서 말해 버린데다 고찰이라 부를 만한 것도 아니지만, 한마디로 그녀의 좋은 성품이 작품에 드러나는 것이다.

해설에서 작가의 인품을 칭찬하는 것은 해설자의 '최후의 수단'이라고 한다. 하지만 미야베 미유키의 경우 작품의 본질에 관련된 문제이므로 감히 쓰겠다(본인은 싫어하겠지만).

미스터리 작가라 불리는 사람들은 대체로 성격이 좋다. 이것은 딱히 겉치레로 하는 소리가 아니다. 업계의 한 모퉁이에 발을 들이고 가장 놀란 것은 작가에 대해서 품고 있던 이미지—어딘가 비뚤어지고 까다로울 것 같은 이미지가 미스터리 작가에게는 들어맞지 않는다는 사실이었다. 물론 모두가 그렇다고 단언할 수 없다. 하지만 적어도 미스터리를 사랑하는 미스터리 작가들은(내가 아는 범위에서는) 좋은 사람밖에 없었다. 아마 독자가 상상하는 이상으로.

그중에서도 미야베 씨의 좋은 성품은 특필할 가치가 있다. 염치도 없이 이렇게 쓸 수 있을 정도로 그녀의 인품은 발군이다.

여기서 간단히 인터뷰 등으로 알려진 그녀의 작가가 되기까지의 약력을 돌아보도록 하자. 미야베 미유키는 1960년 도쿄의 후카가와에서 태어났다. 아야쓰지 유키토 씨와 생년월일이 완전히 똑같은 것은 업계에서 유명한 이야기지만, 그것은 차치하고, 도립 스미다가와 고교 졸업 후 '기술을 익히고 싶다'며 속기 전문학교에 다녀 속기사가 되었다. 법률사무소에서 일하는 한편, 테이프 녹취 아르바이트도 하였다. 그때 '강연회 등의 테이프를 글로 옮기면서 다른 사람에게 자신의 생각이나 느낌을 전하는 것이 훌륭하다고 생각하던 도중에 좋아하는 추리소설을 써 보고 싶다'는 마음이 들기 시작하여, 야마무라 마사오 씨가 주재하는 소설 교실을 이 년 동안 다녔다. 세 번째로 투고한 「우리들 이웃의 범죄」가 올 요미모노 추리소설 신인상에 빛난 것은 1987년. 그녀가 스물일곱 살 때였다.

작가가 되고부터는 순풍에 돛을 단 듯한 그녀였지만, 데뷔하기 전까지 많은 작가들이 그렇듯이 나름대로 고생을 많이 했을 것은 상상이 어렵지 않다. 하지만 그렇다고 해서 그런 고생과 좋은 성품이 바로 결부된다는 말은 아니다. 내 생각에 그녀의 인격 형성에 많은 영향을 준 것은 태어나고 자란 후카가와라는 시타마치도쿄의 저지대에 위치한 서민들이 모여 사는 지역의 인정미 넘치는 고장의 풍습과 가정환경이 아닌가 한다.

어떤 술자리에서 한번 동석했을 때, 어쩐 일인지 어릴 적 '가난 자랑'이 화제가 된 적이 있었다. 나는 본가의 자랑이라면 그것밖에 없어서 이때다 하고 술술 지껄여 버렸다. 그때 생글생글하면서 듣고 있던 미야베 씨가 '가난 자랑이라면 저도 지지 않습니다'라며 밝게, 그러나 단호하게 말한 것이 기억난다. 지금 생각하면 그런 이야기는 다른 사람 앞에서 자랑할 만한 게 아니랍니다, 라고 하며 그녀답게 점잖게 타이르는 뉘앙스도 들어가 있었던 것 같지만.

아무튼 그녀의 인품을 단적으로 표현한다면, 매우 겸허하고 밝고 솔직한 동시에 스스로에게 충실하며 신념을 굽히지 않는 성격이라고 할 수 있다.

여담이지만 여섯 번의 도전으로 결국 숙원을 달성하여, 쉰 살이라는 사상 최장년으로 명인위를 획득한 요네나가 구니오 전 장기 명인은 저서 『운을 키운다』에서 이렇게 서술하고 있다. "승리의 여신은 겸허와 웃음을 좋아한다". 미야베 씨는 그야말로 겸허와 웃음이 옷을 입고 걷고 있는 것 같은 사람이다. 승리의 여신이 좋아할 만하지 않겠는가.

이제 마지막으로 이 책의 작품에 관하여 언급하고, 나 자신이 좋아하는 단편을 고르면서 해설을 매듭짓고 싶다.

표제작 「대답은 필요 없어」. 주인공인 치카코의 실연에서부터 어떤 범죄에 협력하는 데 이르기까지의 미묘한 여성 심리의 움직임, 신용 사기로서 잘 다듬어진(즉, 실현 가능한) 플롯, 설득력 있는 스토리 전개, 달콤하고 서글픈 연애 묘사 등이 과연 표제작답게 완성도 면에서는 최고일지도 모른다. 눈물샘이 약한 나는 치카코가 간자키와 헤어지는 호텔 바 장면에서 한 번, 닌교야키를 사는 샐러리맨(이것이 멋진 복선이 된 것에도 놀랐지만)을 보며 간자키와의 추억을 회상하는 장면에서 두 번 울어 버렸다.

「말없이 있어 줘」도 좋다. 주인공 사토미가 상사와 충돌하는 장면 묘사의 뭐라 말할 수 없는 훌륭함! 일순 머리가 텅 비어 버린 그녀가 무의식중에 날카로운 어조로 쏘아붙인 다음에 '귓불이 엄청 뜨거웠던 것이 기억난다' 라는 문장에는 신음 소리가 나온다. 이 한마디로 그때 그녀의 북받친 감정이 완벽하게 전해져 온다. 하드보일드 소설 같은 대사를 내뱉는 청소 아주머니도 인상적이며, "스산한 거리에 유월의 비가 계속해서 내리고 있다"는 서정적인 마지막 줄이 잊기 힘든 감상을 남긴다. 이것도 좋다.

그렇다고 해도 미야베 미유키의 특기인 소년을 주인공으로 한 「들리세요」와 「나는 운이 없어」의 약간 유머러스하고 씩씩한 맛도 그냥 흘려 버리기 어렵다. 버리기 어려운 작품은 『화차』의 원형으로 추측되는 「배신하지 마」도 있다. 이 작품에서 '화려한 생활이 약속되어 있다'고 착각하게 만드는 대도시 도쿄를 그리는 방법과 죄의식도 없이 카드 파산의 지옥에 떨어져가는 여성의 심리 묘사는 빼어나다. 이후 걸작의 탄생을 예감하기에 충분한 결과물이라 할 수 있다.

그러나 딱 하나만 고른다면 망설이지 않고 이 작품을 들겠다. 「둘시네아에 어서 오세요」. 이 단편에는 미야베 미유키 매력의 에센스가 고스란히 들어 있다. "에이단 지하철 히비야 선 롯폰기 역은 지상으로 펼쳐지는 거리의 돌연변이다"라는 첫 줄부터 매우 흥분해 버렸다. 그녀는 도쿄 출신이면서도 '도쿄'를 보는 눈이 왠지 냉정하다. 그것은 그녀가 익숙한 동네와 익숙한 삶이 있는 지도 위의 도쿄와 무한한 돈이 묻혀 있는 꿈이 넘쳐흐르는 환상의 도시 '도쿄'의 골을 아주 정확히 파악하고 있기 때문이다. 그렇기 때문에 도쿄 사람이든 지방 출신이든, 도쿄에 살고 있든 아니든, '도쿄'라는 무대가 모든 사람에게 생생하게 떠오르는 것이다. 먼저 그것이 하나. 두 번째는 주인공의 인물 표현이다. 시노하라 신지는 이 책에서 '그녀 자신'이 가장 많이 투영된 인물로 보인다. 속기 공부를 한다는 공통점이 있기 때문에 더 그렇게 생각될지도 모르지만, 그가 가진 배려나 상냥함은 틀림없이 미야베 미유키 본인의 것이다. 화려함과는 인연이 없다는 점도, 열심히 노력하는 신지의 긍정적인 자세가 무엇보다 마음에 들었다. 읽은 후의 느낌이 상쾌하기로도 이 단편은 단연 뛰어나다. 읽지 않은 독자를 위해 상세하게는 쓸 수 없지만 마지막 줄 "〈둘시네아에 어서 와〉라고"—이 문장을 읽었을 때 가슴속에서 뭐라 할 수 없는 따뜻한 것이 솟아 올라 왔다. 실로 감동적인 단편이었다.

여러분은 어떨까. 어느 작품이 가장 마음에 들었는지 꼭 물어보고 싶다. 어떤 사람이 이런 말을 했다.

"뛰어난 소설은 다 읽은 후에 누군가와 공연히 이야기를 나누고 싶어진다."

이 책은 정말로 누군가와 이야기를 나누고 싶어지는 책이다. 그렇게 생각하지 않습니까.

(1994년 10월, 미스터리 전문점 'BOOKS 심야플러스1' 점장)

옮기고 나서

『대답은 필요 없어』를 번역하기 전 미야베 미유키의 작품은 『화차』
나 『모방범』처럼 유명한 장편만 주로 읽었다. 번역되어 나와 있는 작
품이 대부분 유명작이라 그럴지도 모르겠다. 이 작품이 내가 처음으
로 읽은 그녀의 단편이고, 한국에도 처음 소개되는 단편집일 것이다.
그래서 이 책은 여러분에게 익숙한 미야베 미유키의 장편들과는 느낌
이 다를지도 모르겠다. 물론 사회적 문제에 소홀하다는 의미는 아니
다. 초기작이긴 하지만 그녀의 특기답게 단편들에서도 사회적 통찰력
이 엿보인다. 특히 「배신하지 마」에서 나오는 '메갈로폴리스 도쿄'를
우리 나라의 서울과 비교하며 보는 재미(?)도 좋을 것 같다. 「둘시네아
에 어서 오세요」에 나오는 속기에 관한 이야기는 그녀의 경험담을 듣
는 것 같아 흥미로웠다. 또한, 현재 한국에 출간된 책을 보면 작가가
여성성을 드러낸 적이 별로 없었지만, 이 책에서는 여성 독자들이 공
감할 만큼 현대를 살아가는 여성들의 다양한 고민들을 잘 집어내어
그리고 있다.

내가 읽어 본 그녀의 장편들은 대부분 읽고 난 후 인간에 대한 작가의 시선에 마음이 따뜻해지는 동시에 묵직하고 씁쓸한 뭔가가 마음을 무겁게 했다. 그러나 이 책에 수록된 단편들은 장편보다는 전체적으로 밝은 분위기였고, 결말도 대부분 마음이 놓이는 것들이었다. 한편 한편씩 즐거워하며 어느새 번역 작업을 마치고 나니, 미야베 미유키 씨와 손을 맞잡고 슬로 댄스를 춘 느낌이 들었다면 우스울까? 독자 여러분도 내가 받은 느낌처럼 기분 좋게 책을 덮으셨으면 좋겠다.

인연이 닿아 좋은 책을 소개해 주신 북스피어의 김홍민 대표님, 임지호 편집장님, 많은 도움을 주신 권일영 선생님 및 이수희 양, 또한 옆에서 지켜봐 주시고 격려 보내 주신 많은 분들께 감사의 말씀을 올린다.

2006년 12월
한희선

대답은
필요 없어

초판 1쇄 발행 2007년 1월 5일

지은이 미야베 미유키
옮긴이 한희선

발행편집인 김홍민·최내현
편집장 임지호
표지디자인 김진디자인
용지 화인페이퍼
출력 스크린출력
인쇄 청아문화사
제본 정민제책
코팅 금성산업
독자교정 경수정, 김소연, 이하나

펴낸곳 도서출판 북스피어
출판등록 2005년 6월 18일 제 105-90-91700호
주소 121-130 서울특별시 마포구 구수동 16-5 국제미디어밸리 2층
전화 02)701-0427 **│ 팩스** 02)701-0428
전자우편 editor@booksfear.com

ISBN 89-91931-15-4 (04830)
          89-91931-11-1 (세트)

값은 뒤표지에 있습니다.